사상의 꽃들 6

반경환 명시감상 10

이 도서의 국립중앙도서관 출판예정도서목록(CIP)은 서지정보유통지원시스템 홈페이지(http://seoji.nl.go.kr)와 국가자료종합목록구축시스템(http://kolis-net.nl.go.kr)에서 이용하실 수 있습니다.(CIP제어번호 : CIP2019033424)

사상의 꽃들 6

반경환 명시감상 10

지혜

시인은 꽃을 가져오는 사람이고, 철학자는 사상(정수精髓)을 가져오는 사람이다. 쇼펜하우어는 시와 철학의 상관관계를 매우 정확하게 알고 있었던 세계적인 사상가였다.

시인의 세계는 상상력의 세계이며, 그가 펼쳐 보이는 세계는 아름답고, 신비로우며, 환상적이다. 여기가 아닌 다른 곳, 그 다른 세계로 우리 인간들을 인도하며, 그의 시 세계는 활짝 핀 꽃과도 같은 아름다움을 가져다가 준다.

어떤 시인은 살아 있어도 이미 죽은 것이지만, 어떤 시인은 이미 죽었어도 영원히 살아 있는 것이다.

사상은 시의 씨앗이고, 시는 사상의 꽃이다.

이 사상과 시가 있기 때문에 우리 인간들의 삶은 아름답고 행복한 것이다.

『사상의 꽃들』1, 2, 3, 4, 5권에 이어서『사상의 꽃들』6, 7권을 탄생시켜준 윤동주, 김기림, 김소월, 한용운, 백석, 김준현, 안정옥, 신옥진, 이상규, 정동재, 한영희, 박설희, 한인숙, 양선희, 박지현, 조성화, 박은주, 천양희, 손택수, 이상, 김화연, 전명옥, 최서림, 최혜옥, 조성화, 이은심, 류현, 안영민, 이순희, 유계자, 오현정, 권혁재,

최연홍, 김종삼, 장석남, 김상용, 노천명, 임현준, 장옥관, 이성복, 김수영, 이희은, 김명인, 유홍준, 최도선, 나태주, 황지우, 공광규, 성금숙, 김화연, 오영미, 김문성, 정병호, 박해성, 이춘하, 강달수, 조영심, 문태준, 윤지양, 도종환, 송찬호, 이영광, 최덕순, 사디, 최승호, 권대웅, 장석주, 칼릴 지브란, 최금녀, 김가연, 정채봉, 임경숙, 김선태, 이병연, 신현림, 이병률, 이국형, 나혜석, 김경성, 곽효환, 홍정숙, 이우걸, 이덕규, 박은영, 이영식, 지희재, 반칠환 등, 115명의 시인들과 그동안 『반경환 명시감상』을 너무나도 뜨거운 마음으로 사랑해준 독자 여러분들에게 진심으로 감사를 드린다.

좀 더 정확하게 말한다면, 독자 여러분들은 이 책의 저자였고, 나는 독자 여러분들의 시심詩心을 받아 적은 필자에 불과했다.

나는 이 『사상의 꽃들』6, 7권을 쓰면서, 너무나도 행복했고, 또, 행복했었다.

2019년 가을, '애지愛知의 숲'을 거닐면서……

차례

2부

4부

9

윤동주　김기림

김소월　한용운

백　석　김준현

안정옥　신옥진

이상규　정동재

한영희　박설희

윤동주
자화상

산모퉁이를 돌아 논가 외딴 우물을 홀로 찾어가선 가만히 들여다 봅니다.

우물 속에는 달이 밝고 구름이 흐르고 하늘이 펼치고 파아란 바람이 불고 가을이 있습니다.

그리고 한 사나이가 있습니다.
어쩐지 그 사나이가 미워져 돌아갑니다.

돌아가다 생각하니 그 사나이가 가엾어집니다. 도로 가 들여다 보니 사나이는 그대로 있습니다.

다시 그 사나이가 미워져 돌아갑니다.
돌아가다 생각하니 그 사나이가 그리워집니다.

우물속에는 달이 밝고 구름이 흐르고 하늘이 펼치고 파아란 바람이 불고 가을이 있고 추억처럼 사나이가 있습니다.

이 세상에는 서사시인이 있고, 서정시인이 있으며, 그 다음에는 이름뿐인 삼류 시인들이 있다. 서사시인은 장중하고 울림이 큰 문체로 전체 인류를 구원할 수 있는 시인이고, 서정시인은 자기 자신의 구원을 통해 만인들의 심금을 사로잡는 시인이며, 그리고 이름뿐인 삼류 시인들은 시인이라는 이름으로만 존재하며, 영혼이 없는 존재에 지나지 않는다. 호머와 단테와도 같은 서사시인은 매우 드물고, 보들레르와 랭보와도 같은 서정시인은 매우 많으며—비교적 드물지 않으며—, 이름뿐인 삼류 시인들은 밤하늘의 별들처럼 그 숫자를 헤아릴 수가 없다.

윤동주 시인은 서정시인이며, 자아의 완성을 그 목표로 하고 있다. 자아의 형성사가 세계의 발전사와 그 보조를 맞추고, 따라서 이처럼 피눈물 나는 수행의 모습은 대 서정시인의 그것과도 똑같다. 시인은 순교자이고, 고행자이며, 그의 군더더기가 하나도 없는 삶은 예술품 그 자체와도 같다. 시는 시인의 예술품이고, 예술품은 시인의 얼굴과도 같다. 순교, 혹은 고행의 과정은 애정과 혐오, 혹은 자기 사랑과 자기 학대의 왕복 운동과도 같다. 윤동주 시인의 「자화상」은 국보급 「자화상」이며, 세계문화유산으로 등재되어야 할 최고급의 서정시라고 할 수가 있다.

한 사나이는 이상적인 '나'일 수도 있고, 한 사나이는 현실적인 '나'일 수도 있고, 우물 밖의 '나'는 그 '나'를 비판하고 성찰할 수 있는 심판관으로서의 '나'일 수도 있다. 산모퉁이 외딴 우물 속에는 달이 밝고 구름이 흐르고 하늘이 펼쳐지고 파아란 바람이 불고, 가을이 있고, 그리고 한 사나이가 있다. 가을은 맑고 청아하고, 가을은 아름답고 풍요로운 오곡백과의 계절이기는 하지만, 그러나 우물 속의 한 사나이는 그만큼 초라하고 볼품없는 존재에 지나지 않는다. 왜냐하면 그는 고귀하고 위대한 서정시인이라는 월계관을 쓰지 못하고, 이미 자포자기했거나 반쯤은 전의를 상실한 존재에 지나지 않고 있기 때문이다. 서정시인은 인간 중의 인간이며, 그는 자기 자신의 언어의 소유권을 통해서 전체 인류를 지배하는 문화적 영웅이라고 할 수가 있다. 서정시인의 길은 멀고 험하며, 서정시인의 길은 이미 그 실체가 없거나 불가능한 길에 지나지 않는다. 따라서 이 고귀하고 위대한 이상에 비추어 보면, 우물 속의 '나'는 더없이 비천하고 초라한 존재에 지나지 않는다. 애정과 자기 사랑은 중단없는 전진을 좋아하고, 혐오와 자기 학대는 진퇴양난의 어려움이나 패배와의 관련이 있다.

모든 꿈은 불가능한 꿈이고, 불가능한 꿈은 애정과 혐오, 혹은 자기 사랑과 자기 학대 사이를 왕복운동하게 한다. 따라서 "돌아가다 생각하니 그 사나이가 가여워"지는데, 왜냐하면 그 이상은 다만 이상일뿐, 결코 현실화될 수가 없기 때문이다. 하지만, 그러나 열 번, 백 번 다시 생각해 보아도 초라한 사나이는 초라한 사나이일 뿐, 나의 이상적인 존재일 수가 없다. "다시 그 사나이가 미워져 돌아갑니다/ 돌아가다 생각하니 그 사나이가 그리워집니다"라는 시구는 애정과 혐오, 혹은 자기 사랑과 자기 학대의 진수라고 할 수가 있다. 시인도 고행자이고, 순교자도 고행자이다. 고행은 너무나도 인간적인 인간의 모습이며, 이 고행의 언어는 만국의 공통언어라고 해도 과언이 아니다.

말 중에는 폭풍을 몰고 오는 말도 있고, 말 중에는 소리가 되지 못한 말도 있다. 폭풍을 몰고 오는 말은 가짜 혁명의 말일 수도 있고, 소리가 되지 못한 말이 진짜 혁명의 말이 될 수도 있다. 혁명은 새로운 언어이며, 혁명은 새로운 세계이다. 윤동주 시인의 「자화상」의 언어는 조용조용하고 소리가 되지 못한 독백의 언어에 지나지 않지만, 그러나 이처럼 전면적인 반성과 성찰의 언어가 만인들의 심금을 사로잡고 더욱더 넓고 크게, 멀리 멀리 퍼져나간다.

자화상이 자화상을 짓밟고, 자화상이 자화상의 목을 비틀며, 자화상이 자화상의 최종 단계에서 그 아름다운 날개를 펼쳐보인다.

아름답고 멋진 자화상이며, 국보급의 자화상이고, 세계문화유산에 등재되어야 할 최고급의 서정시이다.

윤동주
또다른 고향

고향에 돌아온 날 밤에
내 백골이 따라와 한방에 누웠다.

어둔 방은 우주로 통하고
하늘에선가 소리처럼 바람이 불어온다.

어둠속에 곱게 풍화작용하는
백골을 들여다 보며
눈물 짓는 것이 내가 우는 것이냐
백골이 우는 것이냐
아름다운 혼이 우는 것이냐

지조 높은 개는
밤을 새워 어둠을 짖는다.

어둠을 짖는 개는
나를 쫓는 것일 게다.

가자 가자
쫓기우는 사람처럼 가자
백골 몰래
아름다운 또 다른 고향에 가자.

나는 단 하나의 '나'가 아니라 수많은 '나'로 구성되어 있고, 이 수많은 '나'를 어떻게 구성하고 이끌어나가고 있느냐에 따라서 나의 존재론적 위상이 달라지게 된다. 사적인 개인으로서의 나일 수도 있고, 한 집안의 가장으로서의 나일 수도 있다. 대학총장으로서의 나일 수도 있고, 대통령으로서의 나일 수도 있다. 무한한 욕망의 화신으로서의 나일 수도 있고, 이상과 욕망을 적절히 조정하고 제어할 수 있는 나일 수도 있고, 인간의 욕망과 현실을 무시하고 머나먼 이상을 쫓아가는 나일 수도 있다. 이처럼 수많은 나와 수많은 나들의 만남의 장소가 나의 정신이며, 이 수많은 나들이 그 모든 능력과 지식의 총체로서 조화를 이룰 때, 나는 수많은 사람들의 존경과 찬사를 받는 문화적 영웅이 될 수가 있다. 이 수많은 나들은 잠재적 자아와 현실적 자아, 그리고 이상적 자아로 그 유형들을 분류할 수가 있으며,

한국시문학사상 가장 모범적인 사례가 윤동주 시인이라고 할 수가 있다.

"고향에 돌아온 날 밤에/ 내 백골이 따라와 한방에 누웠다"라는 시구에서의 나는 현실적 자아가 되고, 백골은 잠재적 자아가 된다. 백골은 그 욕망의 실현을 꿈꾸다가 죽어버린 잠재적 자아가 되고, 그 백골을 들여다 보며 눈물 짓는 나는 그 잠재적 자아의 죽음을 슬퍼하는 현실적 자아가 된다. 다시 말해서 백골을 들여다 보며 눈물 짓는 것이 현실적 자아가 될 때, 그는 백골의 무모함(잠재적 자아의 무모함)을 안타까워 하는 자가 되고, 백골이 스스로 자기 자신의 죽음을 들여다 보는 잠재적 자아가 될 때, 그는 자기 자신의 욕망의 실패를 안타까워 하는 자가 되고, 그리고 마지막으로, 백골을 들여다 보며 우는 것이 이상적 자아인 '아름다운 혼'이 될 때, 그는 잠재적 자아와 현실적 자아 사이에서 그 이상적인 꿈을 실현하지 못한 것에 대한 원통함 때문에 우는 자가 될 수도 있다. 아무튼 백골은 그의 잠재적 자아와 현실적 자아와 이상적 자아의 총체로서 그의 전면적인 실패를 뜻한다고 해도 틀림이 없다. 낙향은 실패한 인간이 고향으로 돌아온 것을 뜻하고, 낙백은 뜻을 얻지 못하고 넋을 잃어버린 것을 말한다. 수구초심首丘初心이라는 말이 있듯이, 윤동주 시인의 고향은 이 세상과의 싸움에서 전면적인 실패를 이룩한 시인이 돌아간 곳을 뜻하지만, 그러나 이제는 그 고향마저도 더 이상 그를 따뜻하게 맞이하여 주는 그런 고향이 아니었던 것이다.

　도덕은 자유의 존재근거가 되고, 자유는 도덕의 실천 근거가 된다. 윤동주 시인은 '부끄러움의 시학'의 완성자이며, 이 '부끄러움의 시학'에 비추어 볼 때, 그의 실패―그것이 대 서정시인의 꿈이든, 대한독립이든지 간에―는 그의 양심의 가책이 되고, 따라서 자기 자신을 이처럼 백골로 희화화시키고, 그 백골의 형태를 꾸짖게 되는 것이다. 시인은 꿈을 잃어버렸던 것이고, 꿈을 잃어버린 시인은 백골이 되었던 것이다. 이 꾸짖음의 극치가 '지조 높은 개'이며, 이 지조 높은 개는 자기가 자기 자신의 유령(백골)을 쫓아버리는 파수꾼이 되었다는 것을 뜻한다. "너는 윤씨 가문의 자랑스러운 후손도 아니고, 너는 더군다나 자랑스러운 한국인도 아니다. 이곳은 네가 태어난 곳도 아니고, 너와도 같은 문약한 패배주의자가 머물만한 곳도 아니다. 자, 이 밤이 밝기 전에 어서 빨리 이곳을 떠나가거라!"

윤동주 시인은 그의 일생내내 자랑스러운 도덕군자가 되고 싶었던 것이고, 이처럼 자기 스스로 그 무엇보다도 '지조 높은 개'를 키우며, 자기 자신을 끊임없이 꾸짖고 단죄를 해왔던 것이다.

> 가자 가자
> 쫓기우는 사람처럼 가자
> 백골 몰래
> 아름다운 또 다른 고향에 가자.

하지만, 그러나 그는 결국 또 다른 고향에 갈 수가 없다. 왜냐하면 지조 높은 개는 그의 '아름다운 혼'이 키우는 또 하나의 고향이기 때문이다.

아름다운 혼을 지닌 자는 고향을 떠나가도 고향에 살고, 아름다운 혼을 지닌 자는 고향에 살아도 또다른 고향에서 살아간다.

김기림
단념

살아간다고 하는 것은 별 게 아니었다. 끝없이 단념해 가는 것. 그것뿐인 것 같다.

산 너머 저 산 너머는 행복이 있다 한다. 언제고 그 산을 넘어 넓은 들로 나가 본다는 것이 산골 젊은이들의 꿈이었다. 그러나 이윽고는 산너머 생각도 잊어버리고 '아르네*'는 결혼을 한다. 머지 않아서 아르네는 사오 남매의 福 가진 아버지가 될 것이다.

이렇게 세상의 수많은 아르네들은 그만 나폴레옹을 단념하고 세익스피어를 단념하고 토마스 아퀴나스를 단념하고 렘브란트를 단념하고 자못 풍정낭식風靜浪息한 생애를 이웃 농부들의 質素한 觀葬 속에 마치는 것이다.

그러나 모든 것을 아주 단념해 버리는 것은 용기를 요하는 일이다. 가계를 버리고 처자를 버리고 지위를 버리고 드디어 온갖 욕망의 불덩이인 육체를 몹쓸 고행으로써 벌하는 수행승의 생애는 바로 그런 것이다. 그것은 無에 접하는 것이다.

그런데 이와는 아주 반대로 끝없이 새로운 것을 욕망하고 추구하고 돌진하고 대립하고 깨뜨리고 불타다가 생명의 마지막 불꽃마저 꺼진 뒤에야 끊어지는 생활태도가 있다. 돈후안이 그랬고 베토벤이 그랬고 '장 크리스토프'의 주인공이 그랬고 랭보가 그랬고 로렌츠가 그랬고 고갱이 그랬다.

이 두 길은 한 가지로 영웅의 길이다. 다만 그 하나는 영구한 적멸寂滅로 가고 하나는 그 부단한 건설로 향한다. 이 두 나무의 과실로 한편에 인도의 오늘이 있고 다른 한편에 서양문명이 있다.

이러한 두 가지 극단 사이에 있는 가장 참한 조행操行* 甲에 속하는 태도가 있다. 그저 얼마간 욕망하다가 얼마간 단념하고……. 아주 단념도 못 하고 아주 쫓아가지도 않고 그러는 사이에 분에 맞는 정도의 지위와 명예와 부동산과 자녀를 거느리고 영양도 적당히 보존하고 때로는 表彰도 되고 해서 한 編 아담한 통속소설 주인공의 표본이 된다. 말하자면 속인 처세의 극치다.

이십 대에는 盛히 욕망하고 추구하다가도 삼십 대

만 잡아서면 사람들은 더욱 성하게 단념해야 하나 보다. 학문을 단념하고 새로운 것을 단념하고 발명을 단념하고 드디어는 착한 사람이고자 하던 일까지 단념해야 한다. 삼십이 넘어 가지고도 시인이라는 것은 망나니라는 말과 같다고 한 누구의 말은 어쩌면 그렇게 찬란한 명구냐.

약간은 단념하고 약간은 욕망하고 하는 것이 제일 안전한 일인지도 모른다. 아름다운 단념은 또한 처량한 단념이기도 하다. 그러나 예술에 있어서도 학문에 있어서도 나는 나 자신과 친한 벗에게는 이 고상한 섭생법을 권하고 싶지는 않다.

"일체一切냐 그렇지 않으면 無냐?"

예술도 학문도 늘 이 두 단애斷崖의 절정을 가는 것 같다. 평온을 바라는 시민은 마땅히 기어 내려가서 저 골짜기 밑바닥의 탄탄대로를 감이 좋을 것이다.

정치가 인간의 활동이라면 이 활동의 목표는 그가 소속된 사회와 국가에 의하여 저절로 제시될 수도 있다. 홍익인간과 선진조국이 목표라면 그 구성원들은 모두가 다같이 그 목표를 향하여 서로 서로 돕고 협력을 해 나가지 않으면 안 된다. 활동은 일이고, 활동은 만남이며, 활동은 목표 달성이라고 할 수가 있다. 이에 반하여, 김기림 시인의 「단념」은 '단념의 정치학'을 역설한 시라고 할 수가 있다. "살아간다고 하는 것은 별 게 아니었다. 끝없이 단념해 가는 것. 그것뿐인 것 같다"라는 대전제 아래, 단념의 여러 유형들을 살펴보지만, 그러나 마지막 시구인 "일체一切냐 그렇지 않으면 無냐?"에서처럼, 시인으로서의 그는 '단념의 정치학'을 전면으로 거부한다.

아주 작은 꿈도 있고, 그저 중간 정도의 꿈도 있고, 아주 크고 원대한 꿈도 있다. 먹고 살 걱정 없이 결혼을 하고 아이를 낳고 행복하게 사는 것은 소시민의 꿈에 해당하고, 대학교수와 방송기자와 중소기업의 사장과 고급관리는 중간 정도의 지식인의 꿈에 해당하고, 세계적인 대작가와 세계적인 인물은 문화적 영웅들의 꿈에 해당한다. "산 너머 저 산 너머는 행복이 있다"라고 말하면서도 그 산 너머를 가지 않는 사람들은 대부분의 소시민들이고, "그저 얼마간 욕망하다가 얼마간 단념하고……. 아주 단념도 못 하고 아주 쫓아가지도 않고 그러는 사이에 분에 맞는 정도의 지위와 명예와 부동산과 자녀를 거느리고 영양도 적당히 보존"하는 사람들은 소위 속물교양주의자들(중간 정도의 지식인들)이며, "일체一切냐 그렇지 않으면 無냐?"라고 자기 자신의 단 하나 뿐인 목숨과 전생애를 다 걸고 그 목표를 추구해가는 사람들은 부처, 예수, 장자, 노자, 나폴레옹, 셰익스피어, 토마스 아퀴나스, 렘브란트, 돈후안, 베토벤, 로렌츠, 고갱 등과도 같은 문화적 영웅들이라고 할 수가 있다.

김기림 시인이 지적하고 있듯이, 문화적 영웅들은 두 유형으로 분류할 수가 있다. 하나는 '영구한 적멸寂滅'로 설명되는 금욕주의의 유형이고, 다른 하나는 '그 부단한 건설'로 설명되는 탐욕주의자(탐미주의자)의 유형이다. 모든 금욕주의자들은 "가계를 버리고 처자를 버리고 지위를 버리고 드디어 온갖 욕망의 불덩이인 육체를 몹쓸 고행으로써 벌하는 수행승의 생애"를 택하지만, 그러나 모든 탐욕주의자들은 "끝없이 새로운 것을 욕망하고 추구하고 돌진하고 대립하고 깨뜨리고 불타다가 생명의 마지막 불꽃마저"도 꺼뜨리게 된다. 금욕주의의 최대의 장점은 탐욕으로부터의 인간의 구원이지만, 그러나 그 금욕주의자들은 그 단념과 그 고행을 통해서 전인류의 스승으로 올라선 대사기꾼들이라고도 할 수가 있다. 탐욕주의자들(탐미주의자들)의 최대의 장점은 자기 자신들의 무한한 욕망을 통해서 모든 문명과 문화의 선구자가 되는 것이지만, 그러나 그 탐욕으로 인하여, 상호간의 불신과 이 세상을 끊임없는 이전투구의 장으로 만들어 놓았다고 해도 과언이 아니다.

금욕주의자들은 모든 것을 단념하지만 자기 자신이 전인류의 스승이 되겠다는 욕망만은 포기하지를 않는다. 탐욕주의자들(탐미주의자들)은 자기 자신이 최고의 문화적 영웅이 되겠다는 욕망만은 포기하지를 않지만, 그러나 그 외의 아주 작고 평범한 일상생활의 모든 행복들은 다 포기를 해버린다. 금욕과 탐욕은 둘이 아닌 하나이며, 탐욕의 이면에는 금욕이 있고, 금욕의 이면에는 탐욕이 있다.

욕망은 삶의 원동력이고, 욕망이 없으면 그의 생애는 끝장이 난다. 욕망은 사유재산의 인식 근거이고, 사유재산은 욕망의 존재 근거이다. 욕망은 자유의 인식 근거이고, 자유는 욕망은 존재 근거이다. 따라서 완전한 단념은 없고, 완전한 단념은 이 세상의 종말을 뜻한다. "약간은 단념하고 약간은 욕망하고 하는 것이 제일 안전한 일"이지만, 그러나 탐미주의자, 즉, 예술지상주의자로서의 김기림 시인은 '일체냐? 무냐?'라는 문제를 그의 근본명제로 선택하게 된다.

예술도, 학문도 '일체와 무' 사이의 밧줄을 타는 것이고, 정치도, 경제도 '일체와 무' 사이의 밧줄을 타는 것이다. '일체와 무'의 문제는 셰익스피어의 말대로 '사느냐? 죽느냐?'의 문제이며, '문화적 영웅이 되느냐? 아니냐?'의 문제이기도 한 것이다.

시인의 길은 망나니의 길이고, 망나니의 길은 광대(탐미주의자)의 길이다. 이 세상의 어중이 떠중이들,

즉, 평온을 바라는 소시민들은 '저 골짜기 밑바닥의 탄탄대로'로 가라는 것이 김기림 시인의 '단념의 정치학'이라고 할 수가 있는 것이다.

　김기림 시인의 「단념」은, 그러나 그 단념과는 다르게 '욕망의 정치학'을 역설한 시라고 해도 틀린 말이 아닐 것이다.

김소월

진달래꽃

나 보기가 역겨워

가실 때에는

말없이 고이 보내 드리우리다.

영변에 약산

진달래꽃

아름 따다 가실 길에 뿌리우리다.

가시는 걸음 걸음

놓인 그 꽃을

사뿐히 즈려 밟고 가시옵소서.

나 보기가 역겨워

가실 때에는

죽어도 아니 눈물 흘리우리다.

사랑은 사람을 불러들이고, 사랑은 둘이서 하나가 되게 한다. 사랑은 이 세상에서 가장 위대한 창조 행위이며, 이 사랑 앞에서는 인종도, 종교도, 국가도 그 힘을 쓸 수가 없게 된다. 사랑은 무한히 참게 하고, 사랑은 무한히 용기를 북돋아 주고, 사랑은 자기 자신을 희생시킴으로써 인류의 역사를 새로 쓰게 한다. 인간은 더없이 약하지만, 사랑은 인간을 더없이 강하게 만든다.

사랑은 사람을 떠나가게 하고, 사랑은 서로가 서로를 미워하며 남남이 되게 한다. 사랑은 이 세상에서 가장 더러운 악의 진원지이며, 이 불륜 앞에서 모든 사람들이 이를 갈게 된다. 모든 불륜은 치정癡情이며, 이 치정으로 인하여 인류의 역사는 피비린내로 물들게 된다. 파리스와 헬렌, 트리스탄과 이졸데, 이아손과 메디아는 영원한 피비린내로 얼룩진 불륜의 연인들이었다고 할 수가 있다. 인간은 원래 착하지만, 사랑은 인간을 더없이 악하게 만든다.

지난 날 김소월 시인의 「진달래꽃」은 대한민국 최고의 명시이며, 전국민의 애송시였다고 할 수가 있다. 청춘의 남녀, 또는 사춘기의 소년과 소녀들이 이 시를 암송하면서, 이처럼 아름다운 '이별의 노래'에 감동하지 않을 수가 없었던 것이다. 남자는 순수하고, 여자는 순수하지가 않다. 순수한 사람은 변함이 없고, 순수하지 않은 사람은 쉽게 변한다. 나 보기가 역겹다는 것은 내가 싫어졌다는 것이고, 내가 싫어졌다는 것은 나를 떠나가겠다는 것이다. 여자는 떠나가려고 하고, 남자는 차마 여자를 붙잡지를 못한다. 왜냐하면 사랑은 애원이나 구걸이 아니기 때문이며, 그 대신, 그녀가 가는 길에 "영변에 약산/ 진달래꽃/ 아름 따다 가실 길에" 뿌려주겠다고 노래한다. 이제까지 사랑의 꽃길은 있어도 이별의 꽃길은 없었다. 김소월 시인의 '이별의 꽃길'은 순수하고 티없이 맑은 마음의 소산이며, 진정한 사랑의 진수에 가깝다고 하지 않을 수가 없다. "나 보기가 역겨워/ 가실 때에는/ 말없이 고이 보내 드리우리다// 영변에 약산/ 진달래꽃/ 아름 따다 가실 길

에 뿌리우리다." 당신은 나를 버리고 떠나가지만, 당
신을 사랑하는 나의 마음은 변함이 없고, 따라서, 나
는 "가시는 걸음 걸음/ 놓인 그 꽃을/ 사뿐히 즈려 밟
고 가시옵소서"라고 그 이별의 꽃길을 깔아주게 된다.
김소월 시인의 「진달래꽃」은 가장 아름다운 사랑의 노
래이자 가장 아름다운 이별의 노래라고 할 수가 있다.
사랑은 기쁘고, 이별은 슬프다. 사랑은 서로가 서로를
끌어안고 환희에의 기쁨을 울려퍼지게 하지만, 대부분
의 이별은 서로가 서로의 멱살을 움켜잡고 적의의 칼
날을 들이대게 된다. 이 사랑과 이별, 이 사랑과 적의
의 공식을 극복하고, 나를 버리고 떠나가는 여인을 더
욱더 크게 끌어안은 것이 김소월 시인의 「진달래꽃」이
라고 할 수가 있다.

　　나는 옛날에도 당신을 사랑했고, 지금, 이 순간에도
당신을 사랑한다. 하지만, 그러나 사랑은 애원이나 구
걸이 아니다. 되돌릴 수 없는 것은 되돌릴 수 없는 것
이고, 나를 떠나가는 당신을 위해서 "영변에 약산/ 진
달래꽃/ 아름 따다 가실 길에 뿌리"니, "사뿐히 즈려
밟고" 가시라는 것이다. 사랑의 꽃길이 이별의 꽃길이
고, 이별의 꽃길이 사랑의 꽃길이다.

사랑은 기쁨의 눈물을 흘리게 하고, 이별은 슬픔의 눈물을 흘리게 한다. 따라서, 나를 버리고 떠나가는 여인에게 '이별의 꽃길'을 만들어 주고, "나 보기가 역겨워/ 가실 때에는/ 죽어도 아니 눈물 흘리우리다"라고 노래하는 시인은 그 얼마나 쓰디쓴 고통과 그 슬픔 때문에 울부짖고 있는 것이란 말인가?

작은 슬픔은 큰 소리로 울게 하고, 크나큰 슬픔은 더욱더 슬프게 속울음을 울게 한다. 웃으면서 울고, 이별의 꽃길을 만들어주면서 그 순수한 사랑을 완성한다.

이별의 꽃길이 더욱더 아름다운 사랑의 꽃길이 되는 기적, 이 참다운 사랑의 기적이 김소월 시인의 「진달래꽃」의 진면목이라고 할 수가 있는 것이다.

김소월

산유화

산에는 꽃 피네.
꽃이 피네.
갈 봄 여름 없이
꽃이 피네.

산에
산에
피는 꽃은
저 만치 혼자서 피어 있네.

산에서 우는 작은 새여.
꽃이 좋아
산에서
사노라네.

산에는 꽃 지네.

꽃이 지네.

갈 봄 여름 없이

꽃이 지네.

산이 있고, 들이 있고, 바다가 있다. 산은 모든 강의 시원이며 울창한 수목이 자라고, 온갖 기암괴석과 높은 산봉우리들이 아름답고 찬란한 풍경을 연출해낸다. 들은 넓디 넓은 평야지대를 이루며, 언제, 어느 때나 유장한 흐름을 멈추지 않는 강을 끼고, 온갖 동식물들의 먹이를 생산해낸다. 바다는 높디 높은 산맥과는 반대로 해저의 산맥을 이루며 모든 강물들을 다 받아들이고, 온갖 다양한 수중식물들과 수많은 물고기들의 삶의 터전이 되어준다. 산과 들과 바다는 지구의 삼대 중심축이며, 모든 동식물들의 영원한 보금자리라고 할 수가 있다.

왜, 산인가? 산골 사람에게는 산이 전부이며, 이 산의 풍요로움에 의지해서 살아간다. 들에 사는 사람에게는 들을 위한 신앙이 있고, 바닷가에 사는 사람에게는 바다를 위한 신앙이 있다. 산골 사람에게는 산을 위한 신앙이 있고, 이 신앙은 그들의 삶에 무한한 은총과 축복을 가져다가 줄 수도 있다. 왜, 산인가? 산에는 갈 봄 여름없이 꽃이 피기 때문이다. 왜, 꽃인가? 꽃은 식물의 결정체이며, 가장 아름답기 때문이다. 아름다움은 천국의 풍경이며, 꽃의 향기는 자기 짝을 부르는 사랑의 목소리이다. 꽃은 아름답고, 향기는 꿀맛처럼 달콤하고, 아름답고 풍요로운 산은 모든 꽃들의 텃밭이 되어준다.

산은 꽃을 피우고, 꽃은 산에 산다. 산에는 꽃이 피고, 산에는 갈 봄 여름없이 꽃이 핀다. 산에 산에 피는 꽃은 저만치 혼자 피어 있고, 이 독야청청함과 외로움으로 새를 부른다. 산에서 우는 작은 새는 꽃이 좋아 산에 살고, 산에 산에 피는 꽃은 새가 좋아 산에 산다. 꽃은 새를 부르고, 새는 시인을 부른다. 시인은 「산유화」를 부르고, 이 「산유화」는 한국시문학사의 영원한 노래가 된다.

산에는 꽃이 피고, 산에는 갈 봄 여름 없이 꽃이 핀다. 산에는 꽃이 지고, 산에는 갈 봄 여름없이 꽃이 진다. 산에 산에 저만치 혼자 피어 있는 꽃에게도 돈과 명예와 권력이 필요없고, 꽃이 좋아 산에 사는 작은 새에게도 돈과 명예와 권력이 필요없다. 시간이 발걸음을 멈추고 공간이 무한대로 확대되는 즐거움, 오직 자기 자신의 일만을 하며 자기 자신이 영원한 주인공이 되는 즐거움, 바로 이것이 「산유화」의 즐거움이라고 할 수가 있다.

당신도, 당신도 저만치 혼자서 꽃을 피울 수 있는가?

당신도, 당신도, 산에 우는 작은 새처럼 노래를 부를 수 있는가?

김소월 시인의 「산유화」는 시인과 꽃과 새, 즉, '예정조화의 극치'이며, 영원한 행복의 노래라고 할 수가 있다.

독일이 통일되자 서독의 학자들이 동독으로 몰려갔다. 더 이상 동독을 독일의 변방으로 방치해서는 안 된다는 것이 그 이유였다. 우리 학자들은 하늘이 무너져도 고향으로 내려가지 않는다. 서울이 병들고, 대한민국이 중병에 걸린 것은 우리 학자들의 못남탓이다.

나는 이 사실을 안타까워하며 고향에 살며 『애지』를 발행하고 글을 쓰고 있다.

아아, 우리 학자들은 언제 세계적인 석학이 될 수 있을 것이란 말인가?

한용운
님의 침묵

님은 갔습니다. 아아, 사랑하는 나의 님은 갔습니다.

푸른 산빛을 깨치고 단풍나무 숲을 향하여 난 작은 길을 걸어서 차마 떨치고 갔습니다.

황금의 꽃같이 굳고 빛나던 옛 맹서는 차디찬 티끌이 되어서 한숨의 미풍으로 날아갔습니다.

날카로운 첫 키스의 추억은 나의 운명의 지침을 돌려 놓고 뒷걸음쳐서 사라졌습니다.

나는 향기로운 님의 말소리에 귀먹고, 꽃다운 님의 얼굴에 눈멀었습니다.

사랑도 사람의 일이라, 만날 때에 미리 떠날 것을 염려하고 경계하지 아니한 것은 아니지만, 이별은 뜻밖의 일이 되고 놀란 가슴은 새로운 슬픔에 터집니다.

그러나 이별을 쓸데없는 눈물의 원천으로 만들고 마는 것은 스스로 사랑을 깨치는 것인 줄 아는 까닭에, 걷잡을 수 없는 슬픔의 힘을 옮겨서 새 희망의 정수박이에 들어부었습니다.

　우리는 만날 때에 떠날 것을 염려하는 것과 같이 떠날 때에 다시 만날 것을 믿습니다.

　아아, 님은 갔지마는 나는 님을 보내지 아니하였습니다.

　제 곡조를 못 이기는 사랑의 노래는 님의 침묵을 휩싸고 돕니다.

한용운은 시인이자 승려이고 독립운동가였다. 시인
으로서, 승려로서, 독립운동가로서 한용운처럼 잘 알
려진 인사도 없고, 그는 우리 한국인들의 영원한 이상
이라고 할 수가 있다. 「님의 침묵」은 그의 대표작이며,
"아아, 님은 갔지마는 나는 님을 보내지 아니하였습니
다"라는 시구는 최고급의 명구名句라고 할 수가 있다.
명구는 가장 유명한 시구이고, 명구는 잠언이고, 지혜
이다. 떠나간 님을 떠나 보내지 않은 님, 즉, 내 마음
속에 남아 있는 님으로 더욱더 크게 끌어안고, 그 님과
함께, 천년 만년 영원히 살아가겠다는 시인의 의지가
그 시구 속에는 각인되어 있는 것이다.

만일, 그렇다면 한용운의 「님의 침묵」의 '님'은 과연
누구란 말인가? 님은 극존칭의 말이면서도 사랑하는
연인을 지칭하는 말일 수도 있다. 하나님, 부처님, 예
수님, 선생님 등은 극존칭의 말이고, '우리 님'할 때의

님은 사랑하는 연인, 즉, 나의 영원한 짝꿍이 될지도 모르는 연인을 뜻하는 말이다. "님은 갔습니다. 아아, 사랑하는 나의 님은 갔습니다/ 푸른 산빛을 깨치고 단풍나무 숲을 향하여 난 작은 길을 걸어서 차마 떨치고 갔습니다/ 황금의 꽃같이 굳고 빛나던 옛 맹서는 차디찬 티끌이 되어서 한숨의 미풍으로 날아갔습니다"라는 시구는 너무나도 안타깝고, 또 안타까운 마음의 소산이며, 그 안타까움이 이처럼 비탄조로 울려퍼지고 있는 것이다. 나와 님은 영원히 함께 살 것을 황금의 꽃같이 굳게 맹서를 했지만, 그러나 이 굳은 맹서마저도 차디찬 티끌이 되어서 한숨의 미풍으로 날아갈 수밖에 없었던 것이다. 사랑하는 님은 떠나갔지만, 나는 님을 떠나보내지 않았고, 사랑하는 님은 나를 떠나갔지만, 그러나 그 님은 차마 발걸음이 떨어지지 않아 그 마음을, 그 사랑을 내 마음 속에 남겨두고 떠나갔던 것이다.

님은 부처일 수도 있고, 스승일 수도 있고, 님은 사랑하는 연인일 수도 있다. 님도 나를 사랑했고, 나도 님을 사랑했다. 하지만, 그러나 날카로운 첫키스란 무엇을 의미하며, 왜, 그는 달콤한 키스나 부드러운 키스 대신 날카로운 첫키스라고 쓰게 되었던 것일까? 날카롭다는 것은 제일급의 검객의 칼날을 뜻하고, 따라서 날카로운 첫키스는 첫눈에, 서로가 서로의 마음과 그 지적 수준을 꿰뚫어 보았다는 것을 뜻한다. 교외별전教外別傳이며, 이심전심以心傳心이고, 영원한 연인과도 같은 일체동심의 마음을 뜻한다. 한용운의 '님'은 상호존중의 마음이 연인과도 같았다는 것을 뜻하고, 그 '님'은 영원히 나와 함께 살고, 나와 함께 죽어가야 할 '님'이라고 해도 틀린 말이 아니다. 나도 님의 말소리에 귀가 먹었고, 님도 나의 말소리에 귀가 먹었다. 나도 님의 꽃다운 얼굴에 눈이 멀었고, 님도 나의 꽃다운 얼굴에 눈이 멀었다. 마음과 마음, 또는 뜻과 뜻이 통하면 귀가 먹고 눈이 멀게 된다. "사랑도 사람의 일이라, 만날 때에 미리 떠날 것을 염려하고 경계하지 아니한 것은 아니지만, 이별은 뜻밖의 일이 되고 놀란 가슴은 새로운 슬픔"으로 터지게 된다. 눈 멀고 귀 먹은 사랑은 방심하게 되고, 이처럼 방심한 사랑은 반드시 크나큰 대가를 치르게 된다. 이별은 뜻밖의 일이 되고, 놀란 가슴은 슬픔으로 터진다.

나와 님의 사랑은 육체적인 사랑도 아니고, 단순한 친구 사이의 우정도 아니다. 나와 님의 사랑은 지적인 사랑이며, 상호간의 존경의 사랑이다. 이때의 존경은 찬양과 숭배와도 같은 사랑이며, 따라서 "걷잡을 수 없는 슬픔의 힘을 옮겨서 새 희망의 정수박이에" 들이붓는 사랑이 된다. 슬픔을 새 희망의 씨앗으로 변모시키고, 그 결과, "만날 때에 떠날 것을 염려하는 것과 같이 떠날 때에 다시 만날 것을" 믿게 된다.

슬픔을 새 희망으로 변모시키고, 이별을 새로운 만남으로 변모시키는 사랑의 힘이 한용운의「님의 침묵」의 진수라고 할 수가 있는 것이다.

님은 떠나갔지만, 나는 님을 떠나보내지 않았다. 그님은 떠난 님이고, 영원한 극락세계로 승천한 님이고, 내 마음 속에, 나와 함께 영원히 살고 있는 님이다.

제 곡조를 못이기는 사랑 노래도 슬프고, 이 사랑 노래를 감싸고 도는 님의 침묵도 슬프다.

다시 만날 수도 없고, 함께 살 수도 없는 님을 생각하면 슬프지만, 그러나 그 슬픔은 님을 생각하고, 또, 님과 함께 영원히 살 수 있는 희망이 되어준다.

슬픔은 기억이고, 희망이고, 슬픔은 새로운 신세계의 영원한 원동력이다.

한용운
복종

　남들은 자유를 사랑한다지마는, 나는 복종을 좋아하여요.

　자유를 모르는 것은 아니지만, 당신에게는 복종만 하고 싶어요.

　복종하고 싶은데 복종하는 것은 아름다운 자유보다도 달콤합니다.

　그것이 나의 행복입니다.

　그러나 당신이 나더러 다른 사람을 복종하라면, 그것만은 복종할 수가 없습니다.

　다른 사람을 복종하려면 당신에게 복종할 수가 없는 까닭입니다.

윗사람이 아랫사람에게 지시하는 것을 명령이라고 부르고, 아랫사람이 윗사람의 지시에 따르는 것을 복종이라고 부른다. 강제적인 명령도 있고, 선택적인 명령도 있으며, 좀 더 부드럽고 은밀한 간계에 의한 명령도 있다. 강제적인 명령은 매우 굴욕적이기는 하지만 반드시 따라야만 하는 명령이고, 선택적인 명령은 자기 자신의 목숨과 명예를 걸고 잘 판단해야 하는 명령이고, 마지막으로 간계에 의한 명령은 상호간의 이익을 담보로 한 은밀한 거래일 수도 있다. 명령하는 자는 보다 뛰어나고 보다 시야가 넓지만, 복종하는 자는 그 어떤 경우에도 대부분이 힘이 약한 자이다. 강한 자는 명령하는 자이고, 약한 자는 복종하는 자이다. 자발적인 복종도 있고, 백치와도 같은 맹목적인 복종도 있으며, 다른 한편, 힘이 약한 자가 명령하는 자가 되기 위한 불순한 음모로서의 복종도 있다.

한용운 시인의 「복종」은 그가 불교의 사제답게 부처님에 대한 자발적인 복종이며, 한평생 부처님의 뜻에 따라 살 것을 맹서하는 복종이라고 할 수가 있다. 부처는 사는 것과 늙는 것을 초월해 있고, 부처는 병든 것과 죽는 것을 초월해 있다. 부처는 탐욕을 만악의 근원으로 생각하고, 이 탐욕을 제거함으로써 우리 인간들을 극락의 세계로 인도해주고자 했던 것이다. 질투도 없고, 시기도 없다. 도둑도 없고, 사기꾼도 없다. 병든 자도 없고, 배 고픈 자도 없다. 모든 것이 가능하고 어느 것 하나 부족한 것이 없는 극락의 세계가 부처님의 말씀 속에는 들어 있는 것이다.

한용운 시인의 '복종'은 경의의 표시이며, 경의란 부처님에게 무조건 복종을 하겠다는 자발적인 의사 표시라고 할 수가 있다. 경의란 굴욕감을 없애주고, 경의란 자발적으로 자기 자신의 자유와 그 모든 것을 다 바치는 복종의 필수 전제라고 할 수가 있다. "남들은 자유를 사랑한다지마는, 나는 복종을 좋아하여요/ 자유를 모르는 것은 아니지만, 당신에게는 복종만 하고 싶어요"라는 시구는 부처님의 제자로서의 자발적인 복종을 뜻하고, "복종하고 싶은데 복종하는 것은 아름다운 자유보다도 달콤합니다/ 그것이 나의 행복입니다"
라는 시구는 복종하는 자의 행복을 뜻한다. 한용운 시
인의 부처님에 대한 복종은 백치와도 같은 복종이 아
닌 자발적인 복종인데, 왜냐하면 "그러나 당신이 나더
러 다른 사람을 복종하라면, 그것만은 복종할 수가 없
습니다/ 다른 사람을 복종하려면 당신에게 복종할 수
가 없는 까닭입니다"라고, 부처님에게도 항거하는 모
습을 보이고 있기 때문이다.

  하지만, 그러나 복종하는 자의 행복이라니, 그것은
개와 돼지와도 같은 행복에 지나지 않는 것인지도 모
른다. 모든 종교는 지배와 복종이라는 대립구조를 통
해서 명령자(신, 또는 사제)의 지배적 정당성을 합리화
시키기 위한 이데올로기적 장치에 지나지 않으며, 그
함정에 빠져 있는 한, 한용운 시인처럼 자기 자신의 자
유와 행복이 무엇인지도 알 수가 없는 것이다. 아버지
를 만나면 아버지를 죽이고, 부처를 만나면 부처를 죽
여야 한다. 내가 부처가 되고, 내가 새로운 새세상을
창출해내지 않으면 안 된다.

  복종은 설탕처럼 달콤하지만 건강에 나쁘고, 명령은
석청처럼 귀하지만, 건강에 좋다.

명령하는 자는 행복하고, 복종하는 자는 불행하다.

모든 삶의 의지는 명령자, 즉, 지배자가 되기 위한
의지이다.

백석
나와 나타샤와 흰 당나귀

가난한 내가
아름다운 나타샤를 사랑해서
오늘밤은 푹푹 눈이 나린다

나타샤를 사랑은 하고
눈은 푹푹 날리고
나는 혼자 쓸쓸히 앉아 소주를 마신다
소주를 마시며 생각한다
나타샤와 나는
눈이 푹푹 쌓이는 밤 흰 당나귀 타고
산골로 가자 출출리 우는 깊은 산골로 가 마가리
에 살자

눈은 푹푹 나리고
나는 나타샤를 생각하고

나타샤가 아니 올 리 없다
언제 벌써 내 속에 고조곤히 와 이야기한다
산골로 가는 것은 세상한테 지는 것이 아니다
세상 같은 건 더러워 버리는 것이다

눈은 푹푹 나리고
아름다운 나타샤는 나를 사랑하고
어데서 흰 당나귀도 오늘밤이 좋아 응앙응앙 울을
것이다

백석 시인의 「나와 나타샤와 흰 당나귀」는 낭만적 서정의 진수이며, 마치, 옛이야기와도 같은 아련한 분위기를 띠고 있다고 할 수가 있다. 가난한 내가 아름다운 나타샤를 사랑해서 오늘밤은 눈이 내리고, 나타샤와 나는 눈이 푹푹 쌓이는 밤, 흰 당나귀를 타고 산골로 간다. 산골은 "출출리 우는 깊은 산골 마가리"이며, 우리가 눈 내리는 밤, 깊은 산골 마가리로 가는 것은 세상한테 지는 것이 아니라 세상같은 것은 더러워서 버리는 것이다. 이 세상은 더럽고 마가리는 더없이 깨끗하다. 이 세상이 더럽다는 것은 사랑과 믿음과 평화가 없다는 것을 뜻하고, 마가리가 더없이 깨끗하다는 것은 나와 나타샤가 그 어떠한 부족함도 없이 서로가 서로를 사랑하고 있다는 것을 뜻한다. 세상은 다만, 어둡고 캄캄한 혼돈 속이지만, 마가리는 더없이 맑고 깨끗한 이상적인 천국이다. 시인의 얼굴도 하얗고, 나타샤의 얼굴도 하얗다. 눈도 하얗고, 당나귀도 하얗다. 흰색은 순수함이고 거룩함이며, 도덕과 법이 없어도 그 어떠한 싸움도 일어나지 않는 이상적인 천국의 상징이라고 할 수가 있다. "눈은 푹푹 나리고/ 아름다운 나타샤는 나를 사랑하고" 우리가 타고 가는 "흰 당나귀도 오늘밤이 좋아 응앙응앙" 울고 있다.

하지만, 그러나 일제 식민지 현실에서, 나와 나타샤가 살아갈 마가리는 존재하지 않는다. 마가리는 낭만적 서정, 즉, 환상의 세계이며, "가난한 내가/ 아름다운 나타샤를 사랑해서" 찾아낸 현실 도피처에 지나지 않는다. 사회로부터 떨어져 있다는 것, 인간과 인간의 관계로부터 떨어져 있다는 것은 치명적인 질병(고립)이며, 이 생존의 벼랑끝에서 시인과 나타샤가 백년해로를 한다는 것은 사실상 불가능에 가까운 일이라고 하지 않을 수가 없다. 나타샤가 나를 사랑한다는 말도 거짓말이고, 내가 나타샤를 사랑한다는 말도 거짓말이다. 흰 당나귀도 오늘밤이 좋아 응앙응앙 운다는 것도 거짓말이고, 눈 내리는 밤, 나타샤가 와 "고조곤히" 이야기한다는 것도 거짓말이다. 이 거짓말들은 기껏해야 혼자 쓸쓸히 소주나 마시고 사회적 울분이나 씹고 있는 젊은 시인의 상징조작에 지나지 않는다. 낭만주의자는 현실을 부정하고 이 세상 밖 그 어딘가로 달아나고자 하지만, 그러나 그는 결코 이 세상 밖으로 달아나지 못한다. 이 달아나고 싶은 욕망과 달아나지 못한다는 것 —, 즉, 낭만적 꿈과 그 좌절을 아주 처절하고 쓰디 쓰게 노래할 때, 그 노래는 낭만적 서정의 진수가 된다.

백석 시인의「나와 나타샤와 흰 당나귀」는 너무나도 아름답고, 너무나도 쓸쓸한 천하 제일의 명시라고 할 수가 있다. 그의 연인이었던 자야가 '천억 원대의 '대원각'이 백석의 시 한 편만도 못하다'는 말을 남기고 기부를 해버린 것도 너무나도 당연한 일이고, 또한, 그것은 세계적인 연인의 명언에 값한다고 하지 않을 수가 없다. 눈이 펑펑 쏟아지는 한 겨울 밤, 기껏해야 혼자서 쓸쓸히 소주나 마시고 있는 시인이 "가난한 내가/ 아름다운 나타샤를 사랑해서/ 오늘밤은 푹푹 눈이 나린다"는 시구가 그것을 말해주고, 또한, 이 세상에서 패배를 하고도 "눈이 푹푹 쌓이는 밤 흰 당나귀 타고/ 산골로 가자 출출리 우는 깊은 산골로 가 마가리에 살자", "산골로 가는 것은 세상한테 지는 것이 아니다/ 세상 같은 건 더러워 버리는 것이다"라는 시구가 그것을 말해준다. 현실과 꿈, 출세와 속리, 낭만과 현실의 밀고 당기는 힘에 의하여 이 세상은 존재하는 것이지만, 백석 시인은 「나와 나타샤와 흰 당나귀」를 낭만적 서정의 진수로서 이처럼 완성시켜 놓고 있는 것이다. 눈 내리는 밤, 얼굴이 하얀 시인과 흰 피부색의 나타샤, 흰 당나귀와 흰 마가리는 순수하고 거룩한 천국의 상징이며, 그 천국을 천국으로서 살아움직이게 하는 주역들이라고 하지 않을 수가 없는 것이다.

하지만, 그러나 "산골로 가는 것은 세상한테 지는 것이 아니다/ 세상 같은 건 더러워 버리는 것이다"라는 시구는 우리 젊은 시인의 말로서는 너무나도 뼈 아픈 말이며, 현대사회에서도 여전히 유효한 말이라고 하지 않을 수가 없다. 정치란 국가를 경영하는 것이며, 정치인은 분명한 목표를 제시하고 그 구성원들을 이끌고 가지 않으면 안 된다. 가령, 예컨대, 국민소득 7만 달러와 세계일등국가가 그 목표일 때, 어떻게 하면 국민소득 7만 달러를 달성하고 세계일등국가의 문화수준(도덕수준)을 창출해낼 수 있는가를 너무나도 분명하게 제시해놓지 않으면 안 된다. 정치란 분명한 목적과 함께, 그 목표를 달성할 수 있는 방법을 제시하고, 그리고 그 목표를 위하여 자발적인 참여와 물리적인 강제력마저도 동원해내지 않으면 안 된다. 이팔청춘, 혹은 우리 젊은이들이 이 세상을 등진다는 것은 우리 정치인들이 국가의 목표를 제시하지 못했다는 것이고, 우리 정치인들이 국가의 목표를 제시하지 못했다는 것은 수많은 일자리를 창출해내기는커녕, 권력의 분배와 이익의 분배, 즉, 수많은 가치들의 분배를 제대로 하지 못했기 때문이라고 할 수가 있다. 정치란 돈과 명예와 권력에 대한 가치를 창출해내고 그것을 분배하는 것이며, 이 가치를 분배하지 못하면 「나와 나타샤와 흰 당나귀」에서처럼 우리 젊은이들의 자발적인 참여를 유도할 수가 없게 되는 것이다.

대한민국의 성장과 쇠퇴(몰락)는 정치지도자들의 능력의 문제이며, 정치지도자들의 능력은 그 국가의 목표를 제시하고, 언제, 어느 때나 민심과 국력을 결집시킬 수 있느냐의 문제라고 할 수가 있다. 우리 대한민국은 지극히 불행하게도 역사 철학적인 지식으로 무장을 하고 전세계를 발밑으로 깔아뭉개버릴 수 있는 알렉산더 대왕이나 나폴레옹 황제같은 정치지도자는 물론,

소크라테스와 플라톤과 데카르트와 칸트와 헤겔과 마르크스와도 같은 세계적인 사상가들도 배출해내지 못했다. 우리 한국인들은 철두철미하게 사상적으로, 학문적으로 거세를 당했기 때문에, 외세, 즉, 세계적인 깡패국가에게 의존하는 노예민족이 될 수밖에 없었던 것이다. 정치가 무엇인지, 교육이 무엇인지, 법률이 무엇인지, 또는 국방이 무엇인지, 민족이 무엇인지, 남북통일이 무엇인지도 모르는 문재인 대통령이 미국을 철수시키고 남북통일을 이룩해낸다는 것은 천하제일의 노예민족의 백일몽에 지나지 않는다.

입산속리入山俗離가 천세불변의 영원한 진리인지도 모른다. 국가도 백치이고, 민족주권도 백치이다. 대통령과 정치인도 백치이고, 우리 학자와 우리 군인들도 백치이다.

만일, 내가 대통령이라면 사면권을 남용한 백치들을 부관참시하고 우리 한국인들을 '사상가와 예술가의 민족', 즉, '고급문화인'으로 육성해낼 것이다.

박정희, 전두환, 노태우, 김영삼, 김대중, 노무현, 이명박, 박근혜 등은 사면권을 주고 받은 영원한 동지들이며, 이 사면권을 통해서 대한민국을 범죄인 천국으로 만든 민족의 반역자들에 지나지 않는다. 사면권은 모범시민의 씨앗을 모조리 죽이는 독충이며, 우리 대통령들은 이 '독충 양성의 대가들'이자 '영원한 백치들의 우두머리'였다고 하지 않을 수가 없다. 한국의 대통령은 미국의 대통령보다도 만배나 더 힘이 세고, 이 사면권이라는 독충으로 죽은 송장(독충)들도 다 살려 내 놓는다. 이명박, 서청원, 홍준표, 박지원, 김대중도 사면권의 우등생이고, 이건희, 김승연, 조양호, 최태원도 사면권의 우등생이다.

이 범죄인들, 이 독충들을 대대적으로 소탕해내지 못한다면, 우리 젊은이들의 입산속리가 정답이고, 우리 대한민국은 곧바로 멸망하게 될 것이다.

백석
고향

나는 북관에 혼자 앓아누워서
어느 아침 의원을 뵈이었다

의원은 여래 같은 상을 하고 관공의 수염을 드리워서
먼 옛적 어느 나라 신선 같은데

새끼손톱 길게 돋은 손을 내어
묵묵하니 한참 맥을 짚더니
문득 물어 고향이 어데냐 한다

평안도 정주라는 곳이라 한즉
그러면 아무개씨 고향이란다

그러면 아무개씰 아느냐 한즉
의원은 빙긋이 웃음을 띠고

막역지간이라며 수염을 쓴다

나의 아버지로 섬기는 이라 한즉
의원은 또다시 넌즈시 웃고
말없이 팔을 잡아 맥을 보는데

손길은 따스하고 부드러워
고향도 아버지도 아버지의 친구도 다 있었다

고향이란 내가 태어나서 내가 자란 곳을 말하고, 타향이란 남들의 고향, 즉, 내가 고향을 떠나서 사는 곳을 말한다. 내 입맛에 맞는 음식도 있고, 내 몸에 맞는 옷도 있다. 나의 붉디 붉은 피와도 같은 언어도 있고, 나를 나이게끔 하는 역사와 전통도 있다. 우리는 이 정답고 그리운 고향을 떠나 살아도 영원히 그 고향을 떠나 살지는 못한다. 왜냐하면 늘, 항상, 부모형제가 그립고, 내가 죽어 내가 돌아갈 곳은 고향 밖에는 없기 때문이다. 고향이란 나를 나로서 살아 움직이게 하는 힘이며, 우리들의 영원한 천국이라고 할 수가 있다.

　고향은 첫째, 나에게 정체성을 부여해주고, 고향은 둘째, 내가 나로서 살아갈 수 있는 힘을 부여해주고, 고향은 셋째, 내가 이 세상의 과업을 마치고 내가 돌아갈 수 있는 삶의 목표를 제시해준다. 고향은 존재의 시원이며, 영원한 존재의 안식처이다. 나는 평안도 정주 출신이고 아무개의 자손이며, 나의 고향의 역사와 전통, 혹은 그 인간 관계에 의해서 살아간다. 타향살이는 떠돌이—나그네의 삶이며, 이 공동체 밖에 있는 사람들에게는 자유와 사랑과 평등마저도 한낱 신기루에 지나지 않는다. 따라서 고향을 떠나와 낯선 땅—낯선 곳의 텃세와 그 수많은 인간차별에 시달릴 때에도, 그러나 내가 태어난 곳, 즉, 내가 죽어서 돌아갈 곳이 있다는 것만으로도 그 모든 수모들을 다 참고 견뎌낼 수가 있는 것이다.

고향을 미화하고 신성화시키는 것은 '미란다 법칙'이 되고, 고향을 정당화하고 합리화시키는 것은 '크레덴다 법칙'이 된다. '미란다'는 '감탄할 만한'의 라틴어이고, '크레덴다'는 신앙용어로 신조, 또는 신앙개조의 의미로 사용된다. "나는 북관에 혼자 앓아" 누웠다는 것은 시인이 고향을 떠나왔다는 것을 뜻하고, "어느 아침 의원을 뵈이었다"는 것은 시인의 건강이 몹시 좋지 않다는 것을 뜻한다. 의원은 부처(여래)같기도 하고, "관공의 수염을 드리워서/ 먼 옛적 어느 나라의 신선" 같기도 하다. 그 의원이 "새끼손톱 길게 돋은 손을 내어/ 묵묵하니 한참 맥을 짚더니/ 문득 물어 고향이 어데냐 한다// 평안도 정주라는 곳이라 한즉/ 그러면 아무개씨 고향이란다// 그러면 아무개씰 아느냐 한즉/ 의원은 빙긋이 웃음을 띠고/ 막역지간이라며 수염을 쓴다." 이때에 수염을 쓴다는 것은 수염을 쓰다듬는다는 뜻이며, 수염을 쓰다듬는다는 것은 아버지의 친구이며, 자기 자신도 평안도 정주 출신이라는 자부심의 소산임을 뜻한다. 인간은 전세계를 수없이 떠돌아 다녀도 좀처럼 변하지 않는다는 말이 있는데, 왜냐하면 그는 언제, 어느 때나 자기 자신만을 떠메고 돌아다녔기 때문이다. 나는 어디 출신이고, 누구의 자손이며, 천하제일의 명산의 정기를 받고 태어났다는 것과 함께, 자기가 자기 자신이 태어난 고향의 역사와 전통을 미화하고 신성화—정당화하고 합리화—시키기에 여념이 없었던 것이다.

인간은 어디서 태어나 어디로 가는가? 인간은 고향에서 태어나 고향으로 돌아간다. 모든 삶은 고향에서 시작되었고, 모든 사색당쟁과 이전투구, 또는 모든 대동단결과 결사항전마저도 고향으로 돌아가기 위한 삶의 과정에 지나지 않는다. 고향은 이상이고, 진리이고, 고향은 자유이고, 사랑이고, 평화이다. 우리는 고향을 위해 살고, 우리는 고향을 위해 죽어간다. 모든 가정의 기원인 고향, 모든 혈연의 기원인 고향, 모든 민족의 기원인 고향, 모든 영웅과 신앙의 기원인 고향, 모든 사상과 이념의 기원인 고향—. 이 애향심이 애국심이 되고, 이 애국심이 모든 제국과 전인류의 스승의 모태가 된다.

정주는 평안도의 정주이고, 북관은 함경도의 옛이름이다. 어느 낯선 고을인 북관에서 시인(환자)과 의사와의 만남이 아버지의 친구와 친구의 아들, 혹은 아버지와 아들의 만남의 기적으로 변모된 것이 백석 시인의 「고향」이라고 할 수가 있다. 시인과 의사의 만남이 아버지와 아들의 만남이 되고, 이 떠돌이—나그네들의 만남 자체가 그 고향의 힘에 의하여, 북관까지도 평안도 정주로 변모시키는 힘으로 작용하고 있었던 것이다. "나의 아버지로 섬기는 이라 한즉/ 의원은 또다시 넌즈시 웃고/ 말없이 팔을 잡아 맥을 보는데// 손길은 따스하고 부드러워/ 고향도 아버지도 아버지의 친구도 다 있었다."

고향은 모천회귀이며, 모든 형제와 동포들의 총본산이며, 고향은 영원한 천국이고, 어느 누구도 이 고향을 떠나서는 살지 못한다.

아버지도, 아버지의 친구도, 나의 가족도, 나의 친구들도 다 있는 고향—.

아아, 고향, 고향, 우리들의 영원한 고향이여,

그 이름만 들어도 거짓말처럼 몸이 낫고, 역발산기개세로 삶의 기운이 퍼져나간다.

김준현
흑심

광신도의 말투로 쏟아지는 폭우를 참습니다
놔두면 혼자 담배를 피우는 종이컵을 참습니다
손가락질을 받는 피아노를 참습니다
디귿을 구부려 종이를 묶는 스테이플러를 참습니다
자음 하나에 걸린 시들을 참습니다
펭귄을 물어 죽인 북극곰의 입가가 하얘지는 것을
참습니다
낚싯바늘에 걸린 잉어가 물음표에 걸린 잉어로 변하
는 동시를 참습니다
남남처럼 같은 말 두 개가 붙어 있는 말을 참습니다
영영도 쓸쓸도 모두 참습니다

나도 모르는 나의 흑심이 많은 걸 씁니다
돋보기를 통과한 햇빛이
모여 검은 얼룩이 되는 것을 봅니다

죽어가는 파리를 올려놓고 태우는 어린이가
머리카락처럼 자랄 텐데
어쩔 수 없이 자라야할 텐데
나는 독일인과 프랑스인의 구분법도 모르고
유대인이 누구였는지도 모르고
유대인이오, 하면 잡아갔던 자들이 무엇이었고
지금은 무엇이 되었는지도 모릅니다
다만 파리와 종이를 한꺼번에 태우고 있는
눈부신 오후의 햇빛을 바라봅니다
어두워지지 않을 것처럼 바라봅니다

김준현 시인의 「흑심」을 몇 번이고 되풀이 읽으면서,
나는 우리 대한민국을 감싸고 도는 어떤 상서롭지 못한
기운을 생각해본다. 미국이 필리핀을 지배하고 일본이
조선을 지배하는 것을 상호 인정한 것이 '가쓰라—태프
트 조약'인데, 왜냐하면 우리 한국인들의 운명은 또다
시 그러한 '흑심'의 한가운데에 사로잡혀 있는 것 같기
때문이다. 북한의 핵무기를 더 이상 인정할 수 없는 미
국과 일본이 손을 잡고 북한을 공격하고, 심지어는 한
반도를 전쟁의 소용돌이 속으로 몰아넣는 '아베—트럼
프의 흑심'이 작용을 하고 있는 것이 아닌가 하는 의심
을 떨쳐버릴 수가 없다.

　　흑심은 음흉하고 올바르지 않은 마음이며, 강자가
약자를 괴롭힐 때 흔히 사용하는 더없이 교활한 간계
의 산물이라고 할 수가 있다. 흑심은 천사의 탈을 쓰
고 타인의 간도 녹일 만큼 부드럽고 달콤한 말을 좋아

한다. 흑심은 자유와 평화와 사랑의 탈을 쓰고 인류 전체를 위해서 자기를 희생시킨다는 사상이나 종교적 이념을 전파하지만, 그러나 그 사상과 이념은 기독교의 그것처럼 약한 민족의 전통과 역사를 모조리 파괴시키게 된다.

하지만, 그러나 흑심이 어느덧 그 천사의 탈을 벗고 그 사악한 얼굴을 드러내게 되면 약자는 폭우처럼 쏟아지는 광신도의 말을 참지 않으면 안 되고, 혼자 담배를 피우는 종이컵의 신세를 참지 않으면 안 된다. 손가락질을 받는 피아노 신세를 참지 않으면 안 되고, "디근을 구부려 종이를 묶는 스테이플러를" 참지 않으면 안 된다. "펭귄을 물어 죽인 북극곰의 입가가 하얘지는 것을" 참지 않으면 안 되고, "자음 하나에 걸린 시들을" 참지 않으면 안 된다. 인내는 쓰디 쓰지만, 그 열매는 더욱더 쓰다. 흑심은 언제, 어느 때나 인내를 강요하고, 인내의 미래를 박탈한다. 인내에 걸린 시들, 인내에 걸린 펭귄, 인내에 걸린 잉어, 인내에 걸린 '영영'이나 '쓸쓸'과도 같은 말들―. 인내는 낚싯바늘이 되고, 이 인내라는 덫에 걸린 약자는 그 어떤 힘도 쓸 수가 없게 된다.

흑심은 제국주의자이고 독재자이며, 흑심은 천사이고 저승사자이다. 흑심은 인내를 강요하고, 흑심은 인내하는 자를 불에 태운다. 흑심은 불이 되고, 인내하는 자는 파리가 된다. 흑심은 독일인과 프랑스인을 이간질시키고, 흑심은 남한인과 북한인을 분열시킨다. 유태인을 분열시키고, 유태인을 아우슈비츠에서 처형한다. 흑심은 대단히 결속력이 강하고, 언제, 어느 때나 승자독식구조의 위치에 서서 강자의 권리를 향유하게 된다.

김준현 시인도 모르는 흑심, 그 흑심이 흑심을 품고 자라나 무소불위의 권력을 행사한다. 미국, 일본, 중국, 러시아 등, 이 개새끼들의 흑심을 불태울 수 있는 비책묘계란 도대체 무엇일까? 지배의 정당성과 지배자의 도덕만을 강요하는 흑심을 도대체 어떻게 퇴치할 수가 있는 것일까?

공부, 공부, 공부하는 것밖에는 없다. 최고급의 지혜를 창출해내어 그 사상과 이념으로 이 흑심의 주체자들을 자발적으로 복종하게끔 만들지 않으면 안 된다.

기독교, 이슬람교, 유태교를 창출해낸 유태민족의 지혜와 그 파란만장한 삶을 되돌아가 살펴보면 바로 거기에서 정답이 나올 것이다.

한때 내가 스승으로 모셨던 전 연세대 석좌교수이자 대한민국예술원 원장이셨던 유종호 선생은 나의 물음에 이렇게 답한 적이 있다. "우리 학자들의 수준은 서양의 초등학교 선생 수준도 안 됩니다." 삼십 년 가까운 세월이 지났지만 이제 그 차이는 더욱더 벌어졌다고 생각된다. 어느덧 천재와 백치의 차이가 되었고, 이 모든 것은 주입식 암기교육 탓이라고 할 수가 있다. 요컨대 한국의 교육제도는 이명박과 박근혜와도 같은 백치양성제도에 지나지 않았던 것이다.

해방 이후, 미군에 의한 범죄는 이루 말할 수가 없고, 일본군 위안부 문제는 새발의 피에 지나지 않는다. 전국토는 미군 기지였고, 한국 여성은 미국을 위한 양공주에 지나지 않았다. 강간, 폭력, 낙태, 살인, 무고한 양민학살의 실상은 단 한 번도 밝혀진 적이 없고, 미군에 의한 만행은 다 옳은 것이 되었다.

남한은 미국의 영토확장이자 상품판매시장에 지나지 않았다. 외교주권, 군사주권, 핵무기주권 등을 다 빼앗은 미국이 과연 남북통일을 시켜줄 것이라고 믿고 있는가?

오오, 나는 미국만을 생각하면 이가 갈리고 피 눈물이 난다. 왜, 미국이 고마운 미국이란 말인가? 난 반미주의자는 아니지만, 우리가 더욱더 열심히 공부하고 세계적인 대사상가들을 배출해낸다면 미국마저도 문화적 식민지로 지배할 수 있다고 생각한다.

안정옥
밑단을 말하면

변두리 허름한 양옥집들을 기억하는가
그 양옥집의 붉은 기와지붕 밑단을 이어주는 함석은
세상 빗방울들이 천방지축으로 날뛰는 걸
붙잡아두려는 것이다

교복 안에 가두어야 했던 날도 있었다
장난칠 때마다 치마의 밑단이 뜯어졌다
꿰매는 횟수가 줄어들 때마다 한 뼘씩 컸다
우리가 천방지축으로 날뛰는 걸
붙잡아두려는 것이다.

안정옥 시인의 '밑단'에 대한 해석은 매우 이채롭고 독특하다고 하지 않을 수가 없다. '밑단'이란 치마와 바지의 아래쪽 끝부분을 안으로 접어 붙이거나 감친 부분을 말하지만, 그러나 그의 밑단에 대한 해석은 규율 사회의 전면적인 관리와 통제의 장치에 맞닿아 있는 것이다.

자유로운 빗방울이 천방지축으로 날뛰는 것을 붙잡아 두었던 밑단. 어린 소녀들이 천방지축으로 날뛰는 것을 붙잡아 두었던 밑단, 세계적인 사상가와 세계적인 대작가의 글을 못읽게 하는 밑단, '아니오, 그렇지 않습니다'라고 말대답을 못하게 하는 밑단, 상명하복식의 충성만을 강요하는 밑단, 사면복권으로 사법질서를 초토화시키는 밑단, 모든 범죄인들이 애국자의 탈을 쓰고 모범시민의 싹을 말살시키는 밑단, 개성이나 독창성은 찾아볼 수도 없고 표절박사가 대세인 밑단—. 요컨대 우리 한국인들의 '밑단', 즉, 모든 제도는 '영웅말살의 거세법'이며, 범죄인 천국의 금성철벽과도 같다고 하지 않을 수가 없다.

밑단은 홈통이고 빗방울이 천방지축으로 날뛰는 것을 붙잡는다. 밑단은 치마나 바지의 마감기법이지만, 어린 소녀들이 천방지축으로 날뛰는 것을 붙잡는다. 밑단은 현실을 재단하고, 미래를 재단하며, 그 획일화된 규율로 모든 시민들을 사로잡는다. 자유가 날개를 잃었고, 개성이 얼굴을 잃었고, 독창성이 흔적도 없이 자취를 감추었다. 모범시민과 모범학생만이 있고, 그 모범의 틀을 개혁하거나 혁신할 수 있는 천재가 없다.

짧으면 늘이고, 길면 줄인다.

오오, 안정옥 시인이여!

이제 그대 역시도 함부로, 천방지축으로 날뛰면 안 되는 범죄인 국가의 모범시민이 되었다.

대한민국 최초의 낙천주의 사상가인 내 책들이 왜, 영화 「택시운전사」, 「신과 함께」, 「국제시장」 같은 삼류 영화만도 못한 취급을 받는다는 말인가?

오오, 한국인들이여,

당신들이 과연 셰익스피어를, 괴테를, 칸트를, 마르크스를, 니체를, 반경환이를 과연 이해할 수가 있단 말인가?

신옥진
김환기 1

더 이상
올라 갈 수 없고
더 이하
내려 갈 수 없는
불가항력의
경지

1913년 전남 신안에서 태어났고, 1974년 미국 뉴욕에서 타계한 수화 김환기, 조선, 일본, 프랑스, 한국, 미국 등, 동서양을 넘나들며, 동양의 감성과 서양의 이성을 변증법적으로 종합하여 한국적 특성과 현대적 특성을 절묘하게 창출해낸 수화 김환기─, 이 수화 김환기는 신옥진 시인의 분신이며, 그는 "더 이상/ 올라 갈 수 없고/ 더 이하/ 내려 갈 수 없는/ 불가항력의/ 경지"에 올라섰다고 해도 과언이 아니다. 왜냐하면 그는 그 어떠한 외양과 그 가치평가에도 전혀 신경을 쓰지 않는 자유인이었기 때문이다. 양복을 입어도 김환기이고, 한복을 입어도 김환기이고, 누더기를 걸쳐도 김환기이고, 턱수염을 기르고 봉두난발을 해도 김환기이다. 왜냐하면 마음이 아름답고 정신이 아름다우면 그 진리의 광채가 그의 영혼과 육체를 백만촉광의 빛으로 밝혀주고 있기 때문이다. 자아의 역사가 세계의 역사가 되고,

세계의 역사가 천재의 역사가 된다.

이 세상, 이 우주가 그의 집이 되고, 풍찬노숙의 삶이 그의 침대가 된다. 가난을 양식으로 삼으니 사시사철 풍요롭고, 날이면 날마다 고통으로 숨을 쉬니 그 꽃이 더욱더 아름답다.

오오, 천재의 삶이여!

오오, 천재의 삶이여!

이상규

늙음

차츰 줄어듭니다
차츰 가벼워집니다
체중도 식사량도
찾는 이도 찾을 이도
착신 우편물도
초대장도
그리움도
차츰 줄어듭니다

존재의 무용
서글픔이 당당하게
자리를 차지하는
저녁 무렵

아내는 그래도 웃음으로

여위어 가는 내 손목을 잡아줍니다

성그런 밥상 앞에 마주앉다
줄어든 배를 채웁니다
허무한 식은 밥으로
아직 익숙하지 않은
노년의 일상

그 언저리에는
지난 숱한 영상이 엄청난 속도로
포개져 있습니다

인간이 길들여지면 미치광이가 된다. 대표적인 예가 예수를 위해 살고 예수를 위해 죽는다는 기독교도들과 알라를 위해 살고 알라를 위해 죽는다는 이슬람교도들이 그렇다. 이 미침은 신앙이 되고, 이 신앙은 맹목이 된다. 이 맹목은 광신이 되고, 이 광신도들이 그토록 무섭고 끔찍한 짓을 다 연출해낸다. 전쟁 중에 가장 끔찍한 전쟁은 종교전쟁인데, 왜냐하면 그 신앙의 성격이 비타협적이기 때문이다. 우리들의 신앙은 진리에 기초해 있고, 당신들의 신앙은 허위에 기초해 있다. 그리스와 터키와 스페인 등은 기독교도와 이슬람교도들에 의한 그토록 잔인하고 끔찍한 전쟁의 상처를 간직한 곳이며, 오늘날의 코소보와 시리아와 그밖의 몇몇 지역들은 이 종교전쟁들이 인종청소로 이어지고 있다고 해도 과언이 아니다.

미침의 기원은 외로움이고, 모든 인간은 이 외로움

을 참지 못한다. 사회적 동물 중에서 가장 큰 형벌은 외로움인데, 왜냐하면 혼자서는 그 생리적 특성상 살아갈 수가 없기 때문이다. 혼자 있다는 것은 버림을 받았다는 것이며, 버림을 받았다는 것은 생존의 위기에 몰려 있다는 것을 뜻한다. 외롭지 않다는 것은 서로가 서로를 돕고 살아갈 수 있는 사회적 안전망이 있다는 것을 말하고, 외롭다는 것은 서로가 서로를 도울 수 있는 사회적 안전망이 없다는 것을 말한다. 인간의 가장 큰 위험 중의 위험은 외로움이고, 이 외로움 때문에, 스스로, 자발적으로 특정 종교나 집단에 길들여진다는 것이다. 길들여진다는 것은 자기 자신의 생각과 이상, 그리고 자유를 희생시키고 특정 종교와 사회적 집단의 이념의 신봉자가 되고, 그 이념을 위하여 자기 자신을 희생시킨다는 것을 뜻한다. 공산주의를 위하여, 자유주의를 위하여 자기 자신을 스스로 자발적으로 희생시킨 자들이 그것이고, 민족주의와 수많은 종교를 위하여 자기 자신을 스스로, 자발적으로 희생시킨 자들이 그것이다. 이 미침의 기원은 외로움이고, 이 외로움의 본질은 생존의 위기에 몰린 자들의 그 아찔한 현기증과도 같은 절망감에 맞닿아 있다고 하지 않을 수가 없다. 대부분의 인간들은 이 외로움 때문에 자기 자신의 영혼과 육체를 팔아버린 광신도들이며, 인류의 역사는 이 광신도들의 역사에 지나지 않는다.

가난한 자의 외로움, 오지 중의 오지에서 살고 있는 자의 외로움, 새로운 일자리를 찾지 못한 실업자의 외로움, 대학의 졸업과 함께 취업의 꿈을 포기한 자의 외로움, 사랑하는 사람들로부터 버림을 받은 자의 외로움, 생계형 범죄를 저지른 자의 외로움, '유전무죄와 무전유죄'의 사회적 관습 때문에 그 울분을 삼키지 못하고 있는 자의 외로움, 수많은 실연 끝에 홀로 살아갈 수밖에 없는 노처녀의 외로움, 너무나도 뜻밖에 자기 짝을 잃어버린 자의 외로움, 예수가 누구인지도 모르고 미제국주의의 앞잡이이자 민족의 반역자가 될 수밖에 없었던 기독교 사제의 외로움, 이민족의 정액받이이자 성노예가 되었던 여인의 외로움, 모든 일들을 다 마치고도 잉여인간의 삶을 살 수밖에 없는 노인의 외로움 등은 미치지 않은 자의 외로움이라고 할 수가 있다. 미친 자는 패거리짓기에 성공한 자이고, 그는 집단적 광기를 통하여 잘 먹고 잘 살아갈 수도 있다. 이에 반하여, 미치지 않은 자는 외로운 자이며, 그는 차마 미칠 수가 없었던 양심의 소유자일 수도 있다. 미치광이(광신도)는 울창한 숲을 이루고, 미치지 않은 자는 천 길 벼랑 끝의 소나무처럼 살아간다. 위선은 정상이 되고, 양심은 비정상이 된다. 위선이 정상이 되고, 양심이 비정상이 되는 사회는 거대한 정신병원이며, 이 미치광이들이 그토록 잔인하고 끔찍한 모든 재앙들을 다 연출해내고 있다고 하지 않을 수가 없다.

양심이 있는 자는 순수하고 양심이 없는 자는 순수하지 않다. 양심이 있는 자는 외롭고, 양심이 없는 자는 외롭지 않다. 양심이 있는 자는 미치지 않은 자이고, 양심이 없는 자는 미친 자이다.

늙음은 줄어듦이며, 줄어듦은 가벼워짐이다. 가벼워짐은 연소되고 있다는 것이며, 연소되고 있다는 것은 그의 생명의 불꽃이 타고 있다는 것이다. 체중도 타고 있고, 식사량도 타고 있다. 찾는 이도, 찾을 이도 타고 있고, 착신우편물도, 초대장도 타고 있다. 삶이란 불이며, 불꽃이고, 대연소 과정에 지나지 않으며, 줄어듦이란 에너지의 사용량과 그 나머지를 말한다.

늙음이란 황혼이며, 황혼이란 마지막 대연소 과정의

불꽃을 말한다. "존재의 무용"도 타오르고, "서글픔이 당당하게/ 자리를 차지하는/ 저녁무렵"도 타오른다. "여위어가는 내 손목을 잡아"주는 아내도 타오르고, "아직 익숙하지 않은/ 노년의 일상"도 타오른다. 대연소과정의 불꽃이란 시인의 인생 전체를 되비추어주는 환영이며, 떠나갈 사람과 남아있는 사람이 너무나도 서럽고 눈물겨운 마지막 작별인사를 나눌 시간을 말한다. 외롭기 때문에 순수했고, 순수했기 때문에, 이상규 시인의 가장 아름답고 뛰어난 「늙음」이란 시가 완성되었다고 할 수가 있는 것이다.

정동재

끔찍한 태교

호족은 호랑이를 낳고
곰족은 곰을 낳고
토끼족은 토끼를 낳고
오렌지족은 오렌지를 낳고
싱글족은 싱글을 낳고
미시족은 미시 낳고

세상 별다를 일 없었다

새로운 탄생은
신을 추앙하는 족속과
학문을 신봉하는 족속
인정머리 없이
진화하는 로봇뿐

생각은 생각을 낳는다

열 달 태교 산모도 분만실에서 악쓴다
해를 거듭하는 우주
새해를 낳는다
해마다 자성의 목소리가 나오고
선과 악, 팽팽히 줄다리기한다

진통 중이다, 우주
세상 끔찍할 수밖에 없다

소크라테스는 "인간이 죄를 짓는 것은 무지하기 때문이다"라고 말했고, 트라시마코스는 "인간은 본디 악하기 때문에 죄를 짓는다"라고 말했다. 과연 인간이 무지하기 때문에 죄를 짓는 것일까? 만일, 그렇지 않다면 인간이 본디 악하기 때문에 죄를 짓는 것일까? 하지만, 그러나 이 세상에 선과 악이란 있을 수가 없다. 지식을 가진 자가 더 끔찍하고 잔인한 죄를 짓고, 살인, 강도, 강간, 도둑질을 할 수밖에 없었던 무지한 자가 오히려, 거꾸로 더욱더 착하고 선량한 인간일 수도 있다. 왜냐하면 지식의 힘과 무지의 힘이 부딪치면 지식을 가진 자가 백전백승을 하기 때문이다. 지식이란 본래 사기 치는 도구이자 최고급의 흉기이고, 이 지식을 가진 자가 전세계를 지배하고 그 모든 선악을 강자의 힘으로 정하게 된다. 사회적 관습과 풍습에도 강자의 힘이 배어 있고, 도덕과 윤리에도 강자의 힘이 배어 있으며, 법과 질서에도 강자의 힘이 배어 있다. 트라시마코스의 말대로 정의는 강자의 이익이며, 선과 악이란 지식을 가진 자가 제멋대로 규정한 어떤 것에 지나지 않는다.

정동재 시인의 「끔찍한 태교」는 우주가, 인간이, 로봇이 선악을 배고 그 진통 중이라는 사실을 가장 예리하고 날카롭게 역설하고 있다고 하지 않을 수가 없다. 호족은 호랑이를 낳고 곰족은 곰을 낳는다. 토끼족은 토끼를 낳고 오렌지족은 오렌지를 낳는다. 싱글족은 싱글을 낳고 미시족은 미시를 낳는다. 세상은 별다를 일이 없었다. 새로운 탄생은 신을 추앙하는 족속과 학문을 신봉하는 족속으로 이어지고, 이제는 인정머리 없이 진화하는 로봇으로 이어진다. 열 달 태교 산모도 분만실에서 악쓰고, 해를 거듭하는 우주도 새해를 낳는다. 날이면 날마다, 또는 해마다 자성의 목소리가 나오지만, 선과 악은 팽팽하게 줄다리기를 하고, 우주는 그토록 잔인하고 끔찍한 진통 중일 수밖에 없다. 이 세상에 선과 악이란 없다. 선의 다른 이름은 악이고, 악의 다른 이름은 선이다. 호족은 호랑이를 낳고 곰족은 곰을 낳는다. 토끼족은 토끼를 낳고 오렌지족은 오렌지를 낳는다. 싱글족은 싱글을 낳고 미시족은 미시를 낳는다. 세상은 별다를 일이 없었다.

하지만, 그러나 정동재 시인의 이 시구, 즉, "세상은 별다를 일이 없었다"는 대단한 반어이며, 역설이 아닐 수가 없는 것이다. 호족, 곰족, 토끼족, 오렌지족, 싱글족, 미시족은 태생부터 계급차별적이며, 따라서 이 계급 차이 때문에 서로가 서로를 협력하는 공생관계를 맺거나 서로가 서로를 배척하는 적대관계를 맺게 된다. 호족과 곰족, 오렌지족(부유한 자)과 미시족(교양있고 세련된 자)이 공생관계를 맺는 것도 보통이고, 토끼족과 싱글족이 공생관계를 맺는 것도 보통이다. 하지만, 그러나 전자(호족, 곰족, 오렌지족, 미시족)의 종족과 후자(토끼족, 싱글족)의 종족은 그 계급적 차이 때문에 어쩔 수 없이 적대관계를 가지며 그 적대관계로서 한 국가, 또는 이 세계의 양날개를 구축하게 된다. 부자는 가난한 자를 무지하고 게으른 자라고 말하고, 가난한 자는 부자를 금수저를 물고 태어나서 온갖 사치와 약탈과 착취를 다한다고 말한다. 어쨌든 이 세상의 근본법칙은 투쟁이며, 이 투쟁은 "신을 추앙하는 족속과/ 학문을 신봉하는 족속/ 인정머리 없이/ 진화하는 로봇"

을 낳게 된다. 투쟁은 이 세상의 근본법칙이며, 만물의 아버지이고, 그토록 잔인하고 끔찍한 태교의 산물이라고 하지 않을 수가 없다.

지식을 가진 자는 부자가 되고, 지식을 갖지 못한 자는 가난한 자가 된다. 부자는 온갖 호의호식을 하면서 잘 살 수가 있지만, 가난한 자는 먹고 잠 자는 것 자체가 문제가 된다. 정동재 시인의 이 「끔찍한 태교」는 선과 악이 팽팽하게 줄다기를 하는 현실에 대한 분노이자 이 '선과 악'을 넘어선 또다른 세계를 모색해보는 수작秀作이라고 할 수가 있다. "상승욕구 빵빵한 지상은 하늘을 갈아타는 환승역/ 찬불가와 찬송가 신흥세력까지 저마다 승천의 목소리 높인다", "연말/ 스님은 찬송가를 목사님은 찬불가를 부르며 손잡은 모양새"라는 「새 하늘」이라는 시구가 바로 그것이다.

정동재 시인의 분노는 자기 자신의 출신성분에 대한 분노이자 가난한 자로서의 분노라고 할 수가 있다. 호족에 대한 분노, 곰족에 대한 분노, 오렌지족에 대한 분노, 미시족에 대한 분노, 종교인에 대한 분노, 학자에 대한 분노, 자연과학의 성과와 현대문명에 대한 분노, 전반적으로 선인이라기보다는 악당 중의 악당

에 대한 분노가 그의 첫 시집 『하늘을 만든다』에는 배
어 있는 것이다.

한영희
지혈地血

도가*는 두개의 면, 다섯 마을에
내川가 갈리는 초입
그러니 좀 멀리 있었지요

장맛비 지루하여 큰물이 되면
푸른 모논 논둑, 툭툭 생채기를 내어
붉은 물이 흘러내렸어요
문 앞 논 물꼬 보러 가시던 우리 할아버지
도랏말 지게문집 정숙 언니네 논물도
둑이 넘쳐날까 똘물을 고쳐 주셨지요
하느님도 모르시게
개굴가만 개굴개굴

택호 부산댁이신 아주머니께서
장마에 하늘에서 떨어진 미꾸라지를

미끄러운 살 호박잎에 비벼 털어내고
냄비에 포옥 안고 오셨어요
노오란 막걸리 한 주전자랑요

도가는 두 개의 면, 다섯 마을
내川가 갈리는 초입에서
산으로 옴팍 들어와 있는 우리 동네와
그러니 멀리 떨어져 있었지요

* 양조도가.

우리 인간들은 어디에다가 둥지를 틀어야 하는가? 산 좋고 물 좋으며 들이 넓은 곳이 제일 좋고, 그 다음, 인간과 인간들이 서로 사랑하며 한마음–한뜻으로 살 수 있는 곳이 제일 좋을 것이다. 법이 없어도 좋고, 규제가 없어도 좋으며, 그 어느 누구도 타인의 물건을 빼앗거나 훔쳐가지 않는 곳이 제일 좋을 것이다. 화和는 조화이며, 대동단결은 한마음–한뜻이다. 장소와 기후와 풍토는 우리 인간들의 둥지의 첫 번째 조건이며, 이 장소와 기후와 풍토에 의해서 우리 인간들의 이상낙원이 결정된다고 해도 과언이 아니다.

한영희 시인의 「지혈地血」을 읽으면서, 잠시 우리 인간들의 이상낙원으로서의 장소와 기후와 풍토를 생각해보았다. "도가는 두 개의 면, 다섯 마을에/ 내川가 갈리는 초입/ 그러니 좀 멀리" 있었지만, 우리 할아버지는 "장맛비 지루하여 큰물이 되면" 그때마다 물꼬를 보러 다녔고, "도랏말 지게문집 정숙 언니네 논물도/ 둑이 넘쳐날까 똘물을 고쳐" 주었다. 왼손이 하는 일은 오른손도 모르게 하고, 오른손이 하는 일은 왼손도 모르게 한다. 우리 할아버지의 이웃사랑은 하느님도 모르시지만, 그러나 논둑의 개구리들만은 다 알고 있다.

하지만, 그러나 하느님도 모르시는 그 일을 "택호 부산댁이신 아주머니께서"는 이심전심으로 다 알고, "장마에 하늘에서 떨어진 미꾸라지를/ 미끄러운 살 호박잎에 비벼 털어내고/ 냄비에 포옥 안고" 오셨던 것이다. 이심전심에서 직지인심이라는 진리가 자라나고, 직지인심이라는 진리에서 추어탕과 노오란 막걸리가 노릇노릇 익어간다. "두 개의 면, 다섯 마을"인 도가와 그곳에서 좀 멀리 떨어진 우리 동네까지도 이 막걸리가 익어가듯이 이웃사랑이 붉디 붉은 「지혈地血」로 익어가고 있었던 것이다.

「지혈地血」은 땅의 피이자 우리 인간들의 피이다. 땅의 피와 인간의 피가 맑아야 민족의 정기가 바로 서고, 땅의 피와 인간의 피가 맑아야 우리 인간들의 아름답고 행복한 이상낙원이 건설된다.

한영희 시인의 「지혈地血」은 영웅호걸의 피이고, 더

없이 선량하고 깨끗한 우리 인간들의 피이다.

모든 역사는 지리, 또는 둥지에서 시작된다. 붉디 붉은 지혈은 수많은 사람들의 대동단결의 물결이 되고, 우리 인간들은 그 붉디 붉은 지혈의 힘으로 역사의 힘찬 발걸음을 움직여 나간다.

박설희
먼나무

바로 코앞에 있는데 먼나무
뭔 나무야 물으면 먼나무

쓰다듬어 봐도 먼나무
끼리끼리 연리지를 이루면 더 먼나무

먼나무가 있는 뜰은 먼뜰
그 뜰을 흐르는 먼내

울울창창
무리 지어서 먼나무

창에 흐르는 빗물을 따라
내 속을 흘러만 가는

끝끝내

먼나무

부부가 함께 살면 '한몸―한뜻'이 되고, 부부가 헤어지면 남남이 된다. 이 부부가 사랑을 할 때는 '한몸 ―한뜻'이 되고, 이 부부가 싸울 때는 가깝고도 먼 남이 된다.

남편은 단군의 자손으로서 민족정기를 바로 세우고 역사와 전통을 계승―발전시키고자 하지만, 아내는 모두가 다 '주님의 자손'이니 '예수'에게 귀의하라고 말한다.

바로 코앞에 있는데 더욱더 먼 아내, 예수가 이스라엘 왕이야 하고 가르쳐 주면 더욱더 먼 아내, 바로 코앞에 있는 있는데 더욱더 먼 남편, 단군은 민족시조가 아니라 우상이라고 말하면 더욱더 먼 남편―. 이 남편과 아내 사이에도 먼나무가 자란다. 쓰다듬어 봐도 먼나무, 끼리끼리 연리지를 이루며 아들과 딸을 키우고 있어도 더욱더 먼나무. 남편과 아내가 살고 있는 뜰은

이 종교적 갈등만큼이나 먼뜰, 이 뜰을 흐르고, 또 흐르고 있는 먼내, 불화 속에서 불화를 먹고 더욱더 울울창창해지는 먼나무—.

친구도 가까이 있고, 친구도 너무 멀리 떨어져 있다. 적도 가까이 있고, 적도 너무 멀리 떨어져 있다. 너무 가까이 있으니까 너무 자주 싸우고, 너무 자주 싸우니까 더욱더 멀어진다. "창에 흐르는 빗물을 따라/ 내 속을 흘러만 가는// 끝끝내/ 먼나무."

오오, 끝끝내 먼나무와도 같은 적과 동지들이여!

박설희 시인의 「먼나무」는 '먼나무'의 역사 철학적 의미를 성찰하면서, 너무나도 아름답고 뛰어나게 형상화시킨 수작이라고 할 수가 있다.

만일, 예수가 존재한다면 우리 목사들부터 심장마비로 죽게 될 것이다. 예수는 존재하지 않아야 하고, 부활하지 않아야 하고, 그래야 우리 목사들의 대사기극이 완성된다. 예수는 십자가에 못박혀 영원히 죽을 수도 없는 상품(희생양)에 지나지 않는다.

한인숙　양선희

박지현　조성화

박은주　천양희

손택수　이　상

김화연　전명옥

최서림　최혜옥

한인숙
무궁화

무궁화가 흔들리는 건 바람 때문만은 아니다
슬픔의 인력 때문이며
요 며칠 인적없이 끊어졌다 장지로 향하고 있는
노인의 아침 행렬 때문이다
그 배웅의 길이 들을 건너고 물을 건너야 하기 때
문이다
무궁화는 영면이다
슬픔의 환영이며 가슴을 쓸어내는 팔월의 哀歌다
마음의 강을 내보려
인연을 얽구고
그 사랑 세월을 피워내고 망각을 들쓰고
들판의 어느 쯤 흩어졌다 모여드는 바람 같은 것이다

무궁화가 휘청거리는 건 필시 바람이 불지 않기 때
문이다

만장이 멈춰있기 때문이며

멈춘 채 움직이지 않는 꽃상여 때문이다

어디 멈춘 채 피는 꽃이 있으며,

피지 않고 지는 넋두리가 없으랴

그 옆엔

북쪽 땅 무궁화를 보는 게 소원이라던 실향민이

바람없이 이승을 건너가고 있다

무궁화는 우리 나라 꽃이고, 우리 민족의 정신인 은근과 끈기를 나타낸다. 은근이란 겉으로 드러나지 않지만, 언제나, 늘 변함이 없다는 것을 뜻하고, 끈기란 그 어떠한 어려움이 있다고 하더라도 그 목표를 향하여 정진해나가는 의지를 말한다. 이 은근과 끈기가 우리 민족의 정신이 되고, 이 민족의 정신이 각인된 것이 무궁화라고 할 수가 있다. 무궁화는 호화롭거나 향기가 짙은 것은 아니지만 매우 아름답고, 무궁화는 화무십일홍花無十日紅이라는 말을 비웃듯이 6월 중순부터 100여일 동안이나 끊임없이 피었다가 지곤 한다. 무궁화는 끝이 없고, 무궁화는 영원하다.

하지만, 그러나 대한민국의 국력은 점차 하향곡선을 그리고 있고, 미군철수와 남북통일은 더욱더 요원하기만 하다. 무궁화가 흔들리는 것은 바람 탓이 아니고 슬픔의 인력 때문이다. 요컨대 무궁화가 흔들리는 것은

"요 며칠 인적없이 끊어졌다 장지로 향하고 있는/ 노인의 아침 행렬 때문"이기도 한 것이다. 우리의 아이들은 태어나면서부터 주입식 암기교육에 허우적 대고, 우리의 청년들은 일자리가 없어서 만성적인 우울과 자포자기의 상태로 지낸다. 3~40대의 젊은 장년층들은 나날이 가중된 업무와 실업 사이에서 허우적 대고, 5~60대의 어른들은 명예퇴직과 최저 생계비 때문에 허우적 댄다. 전세계에서 사회 보장과 노후 보장이 가장 안 된 나라가 대한민국이며, 날이면 날마다 4대강국의 야욕 앞에서 대한민국이라는 국가 자체가 흔들리고 있다. 슬픔의 인력은 무한히 크고, 무궁화는 팔월의 애가哀歌이자 영면永眠이다. 만성적인 우울과 만성적인 불면 속에서 혼자 죽은 노인은 어쩌면 우리 한국인들의 영원한 운명인지도 모른다.

무궁화가 휘청거리는 것은 바람이 불지 않기 때문인지도 모르고, 무궁화가 휘청거리는 것은 만장이 멈춰 있기 때문인지도 모른다. 바람이 불지 않는다는 것은 정체되어 있다는 것이고, 정체되어 있다는 것은 신진 대사의 촉진이 멈춰있다는 것이다. 만장이 멈춰 있다는 것은 너무나도 원통해서 영면에 들 수 없다는 것이고, 영면에 들 수 없다는 것은 그의 영혼이 정처에 들지 못하고 무한히 떠돌고 있다는 것이다. 멈춘 채 움직이지 않는 꽃상여는 슬픔의 인력 때문이며, 안타까움이고, 이중- 삼중의 죽음을 뜻한다. 죽음 위에 죽음을 더하는 고통, 죽음 위에 또 죽음을 더하는 고통, 산 채로 죽은 죽음 위에 또 산 채로 죽은 죽음을 더하는 고통—, 이 부자연스러운 죽음이 우리 한국인들의 죽음이라고 할 수가 있다. 왜냐하면 이 세상에 멈춘 채 피는 꽃은 없기 때문이며, 또한 피지 않고 지는 넋두리는 없기 때문이다.

북한 땅 무궁화를 바라보는 게 소원이라던 실향민—, 이 실향민은 우리 한국인들의 초상인데, 왜냐하면 우리 한국인들은 아직도 민족통일의 소망을 이룩하지도 못한 채, 소위 4대강국의 군화발에 신음을 하고 있기 때문이다.

무궁화, 무궁화—, 어쩌다가 이처럼 아름답고 영원불멸의 꽃이 '떠돌이-나그네'에 불과한 우리 한국인들의 꽃이 될 줄이야 그 어느 누가 알았겠는가?

한인숙 시인은 「무궁화」의 꽃말과 그 의미를 대한민국의 역사 철학적인 상황에 접목시켜, 너무나도 안타깝고 슬픈 실향민의 최후의 장면을, 너무나도 아름답고 슬픈 시로 형상화시켜 놓았다고 해도 과언이 아니다.

무궁화는 피면 지고, 무궁화는 지면 또다시 핀다.

무궁화는 지면 피고, 무궁화는 피면 또다시 진다.

한인숙 시인은 이 아름답고 영원불멸의 삶을 기원하며, 한 실향민의 죽음을 통하여 우리 한국인들의 넋을 위로해주고 있는 것이다.

이 간절함, 이 염원으로 하루바삐 남북통일을 이룩하고 영원한 대한제국을 건설하지 않으면 안 된다.

실향도 현실이고, 분단도 현실이고, 망국도 현실이다.

무궁화는 떨어지고, 고통이 고통을 껴안고, 다만 삼천리 금수강산을 떠돈다.

한인숙
콩나물은 헤비메탈을 좋아하지 않는다

물을 준다

몇 그릇의 소리를 흠뻑흠뻑, 진화되지 못한 악보의

정수리에 부어내린다

졸음을 떼고서 거푸 붓는 음계의 간격 속

양은 다라이로 쏟아지는 잡음을 걸러 몇 번이고 재

생시킨다

격한 반주엔 머리가 갈라지고 잔뿌리가 생긴다고

감미로운 사랑을 주라고 어머니는 당부하신다

아직은 불협의 뭇매를 버텨 낼 수 없는 콩나물

때론 아삭한 탱고를

때론 아스파라긴산이 함유된 보사노바의 거나한 취

기를 쏟아낸다

콩나물은 헤비메탈을 좋아하지 않는다

어린 시절

내 성장의 뿌리는 가난이고 그 시절의 콩나물은 귀머거리였다

가난의 화음에도 비릿한 날개만 달려고 할 뿐

도돌이표처럼 대물림 되는 빈곤의 음표들을 걸러내지 못했다

한낮이 되어서야 졸아들기 시작하는 아버지의 숙취 속에서

우리의 오후는 이빨 빠진 하모니카처럼 빈 소리만 내곤 했다

콩나물을 키우는 것

말갛게 고인 가난을 비워내는 일

우리는 우리의 귀가 더 먼 공복에 가라앉을 때까지

콩나물의 순진한 화음에 길들여졌고

콩나물은 예나 지금이나 헤비메탈을 좋아하지 않는다

소음이라도 솎아내듯 웃자란 몇 줌의 화음을 뽑아내자

등 뒤 락은 지난밤의 불면을 털어내며 한껏 진화되고 있었다

한인숙 시인의 「콩나물은 헤비메탈을 좋아하지 않는다」는 '음악적 지식의 시적 활용'의 가장 탁월한 예이며, '콩나물 악단의 노래'라고 할 수가 있다. "물을 준다/ 몇 그릇의 소리를 흠뻑흠뻑, 진화되지 못한 악보의 정수리에 부어내린다"라고 말할 때, 콩나물은 음표가 되고, 콩나물 시루는 악보가 된다. "격한 반주엔 머리가 갈라지고 잔뿌리가 생긴다고/ 감미로운 사랑을 주라"는 "어머니는" 음악 감독이 되고, "아직은 불협화음의 뭇매를 버텨 낼 수 없는 콩나물"은 "때론 아삭한 탱고를/ 때론 아스파라긴산이 함유된 보사노바의 거나한 취기를 쏟아낸다." 이때에 콩나물은 음표이면서도 콩나물 악단의 단원이 되고, 이 콩나물 악단은 때로는 아르헨티나의 아삭한 탱고를, 때로는 브라질의 대중음악인 보사노바의 거나한 취기를 쏟아낸다. 요컨대 콩나물 악단은 더 강하고 정형화된 음악, 즉, 금속성이나

고음을 선호하는 헤비메탈을 좋아하지 않는다.

"어린 시절/ 내 성장의 뿌리는 가난이고 그 시절의 콩나물은 귀머거리였다"는 것, "가난의 화음에도 비릿한 날개만 달려고 할 뿐/ 도돌이표처럼 대물림 되는 빈곤의 음표들을 걸러내지 못했다"는 것, "한낮이 되어서야 졸아들기 시작하는 아버지의 숙취 속에서/ 우리의 오후는 이빨 빠진 하모니카처럼 빈 소리만" 냈다는 것—. 콩나물은 아버지가 되고, 콩나물은 어머니가 된다. 콩나물은 오빠가 되고, 콩나물은 동생이 된다. 가난처럼 늘 푸르고, 가난처럼 무성한 것도 없다. 가난처럼 독하고, 가난처럼 잔인한 것도 없다. 콩나물은 가난했고, 콩나물은 귀머거리였다. 콩나물은 도돌이표처럼 대물림되는 음표들이며, 콩나물은 이빨 빠진 하모니카처럼 빈 소리만 내는 악기였다.

하지만, 그러나 "콩나물을 키우는 것"은 "말갛게 고인 가난을 비워내는 일"이라는 시구는 천하 제일의 시구가 되고, 낙천주의 사상가인 나의 마음을 울린다. 가난이 무엇인지, 노래가 무엇인지, 삶이 무엇인지 깊이 깊이 깨달은 자의 지혜가 그 시구에는 만리향의 향내처럼 배어 있다고 하지 않을 수가 없다. 세목의 진정성

이외에도 전형적인 상황에서의 전형적인 인물의 창조
—, 바로 이것이 돌부처의 내장을 뚫고 들어가 만인의
심금을 울리게 된 것이다.

한인숙 시인은 그의 가난을 말갛게 비워내는 가수였
고, 그가 그의 가난을 말갛게 비워내는 동안 그의 콩나
물들(가족들)은 더욱더 순진한 화음에 길들여졌고, 따
라서 콩나물은 예나 지금이나 헤비메탈을 좋아하지 않
게 되었던 것이다. "소음이라도 솎아내듯 웃자란 몇 줌
의 화음을 뽑아내자/ 등 뒤의 락은 지난밤의 불면을 털
어내며 한껏 진화되고 있었다."

콩나물 악단은 보컬, 리드 전기기타, 베이스 기타,
드럼 등으로 구성된 '록 그룹'이었던 것이다.

가난으로 콩나물을 가꾸고, 콩나물로 가난을 말갛
게 비워낸다.

양선희
엄마의 잠언

맛있는 거 있을 때 실컷 먹어. 맛있는 게 없어지면, 사는 맛도 없어. 몸에 저승꽃이 피어도 청청한 엄마의 잔소리, 한 상 받는다. 겸상을 한 엄마는 내 젓가락이 자주 가는 잔소리를 내 앞으로 옮겨놓느라, 정신이 없다. 혀에 착착 감기는 성찬을 허겁지겁 먹어대는 나를 보는

엄마, 약을 달고 살며 여직 덜 아문 딸년의 날갯죽지 상처에 약이 잘 스며들도록 문지른다. 몸이 중하니, 몸을 아껴. 병 들면, 너만 서러워. 축 내려앉은 내 날개를 추켜올리는 엄마의 손길

추임새가 절로, 난다. 남 줄 때는 넉넉히 줘. 네가 적게 먹어도. 딸년 들려 보낼 보따리들 싸느라 미처 못다 푼 이야기. 사람이 제일 그리워. 사람구경이 큰 낙

이다. 엄마의 잠언에 모처럼 웃고, 눈물, 콧물, 뺀다.

어둡던 귀
어둡던 눈

거짓말처럼

금강산 구경도 식후경이라는 말이 있듯이, 배가 고프면 그 어떤 일도 할 수가 없다. 먹는다는 것은 육체를 보존하는 것이고, 육체를 보존한다는 것은 먹이활동과 취미활동을 한다는 것이다. 먹이활동이 다만, 먹이활동일 때, 그는 최저 생계에 시달리는 것이 되고, 먹이활동이 취미활동이 될 때, 그는 제법 여유를 가진 문화인이 된다. 나쁜 옷과 나쁜 음식은 가난한 자의 몫이 되고, 좋은 옷과 좋은 음식은 부유한 자의 몫이 된다.

산다는 것은 "맛있는 거 있을 때 실컷" 먹는 것이 최고이며, 이 "혀에 착착 감기는 성찬"을 먹는 재미가 없으면 사는 맛이 나지 않는다. 성찬을 먹는 재미는 건강을 지키는 것이며, 건강을 지키는 것은 몸에 날개를 달고 마음껏 날아다니는 것이다. "몸이 중하니, 몸을 아껴"야 하고, 산다는 것은 이 몸에 날개를 달고 자유자재롭게 날아다니는 것에 지나지 않는다. 몸에 날개를 달고 자유자재롭게 날아다닐 때, 즉, 여유가 있어 "추임새가 절로" 날 때는 내가 좀 적게 먹더라도 남들에게 넉넉하게 베풀 줄을 알아야 한다. 산다는 것은 모여 산다는 것이고, 산다는 것은 "사람이 제일" 그리운 것이다. 요컨대 "사람구경이 큰 낙이다"라는 「엄마의 잠언」은 최고급의 사회성의 극치라고 하지 않을 수가 없다.

양선희 시인의 「엄마의 잠언」은 첫째는 맛있는 음식에 맞닿아 있고, 둘째는 건강에, 셋째는 인간의 사랑에 맞닿아 있다. 산다는 것은 맛있는 거 있을 때 실컷 먹는 것이고, 산다는 것은 건강을 잘 지켜 자유자재롭게 날아다니는 것이고, 산다는 것은 사람과 사람이 모여 살며, 자기 자신의 것을 아주 넉넉하게 나누어 주는 것이다.

잠언이란 최고급의 삶의 지혜이며, 이 「엄마의 잠언」은 세속적인 성스러움이라고 할 수가 있다. 세속적이라는 것은 현실에 두 발을 딛고 있다는 것이고, 성스럽다는 것은 이 현실을 극복하고 하늘 높이 높이 자기 자신과 우리 인간들을 끌어올리고 있다는 것이다.

사람이 제일 그립고, 사람 구경이 가장 큰 낙이다.

그렇다. 이 세상에서 가장 소중한 것은 인간밖에는

없다.

추임새가 절로, 난다. 남 줄 때는 넉넉히 줘. 네가 적게 먹어도. 딸년 들려 보낼 보따리들 싸느라 미처 못다 푼 이야기. 사람이 제일 그리워. 사람구경이 큰 낙이다. 엄마의 잠언에 모처럼 웃고, 눈물, 콧물, 뺀다.

어둡던 귀
어둡던 눈

거짓말처럼

박지현
봄을 머금다

한 줄기 햇살이 땅속으로 스며들어 조용한 입맞춤으
로 그들을 깨우고 있다

저어기 건너다 보이는 산기슭
겨우내 햇살이 데운 자리
바람의 가시와 부드러움이 움트고

봄을 손짓하는 솜털
지나온 시간의 향기가 키운 여린 가지
아기 속살처럼 부드러운 연둣빛 잎사귀엔
하얀 눈의 동화가 적혀 있다

봄을 차린 밥상의 두릅,
깨무는 순간
내내 참았던 겨울의 설움이
툭 터진다

시인의 언어는 상상력의 언어이고, 상상력의 언어는 혁명의 언어이다. 혁명의 언어는 기존의 가치체계를 전복시키고 새로운 가치기준표를 제시해 놓는다. 시인은 영원한 혁명가이며, 일상적인 것, 친숙한 것, 관습적인 것들을 제일 싫어한다. 시인은 독창적인 명명자이자 전제군주이며, 그는 천지창조주와도 같다. 이 세상은 전지전능한 신이 아니라, 우리 시인들이 말씀으로 창조해낸 예술작품에 지나지 않는다. 모든 신화와 불경과 성경과 코란 등의 저자는 시인들이며, 우리 시인들의 영원한 불멸의 업적에 의하여 오늘날의 문명과 문화는 발전해왔다고 해도 과언이 아니다.

봄을 머금다—. 시인의 입은 이처럼 크고, 그의 건강한 위장은 그 모든 것을 다 소화해낸다. 한 줄기 햇살과 땅의 입맞춤을 연출해낸 것도 그의 입 속에서이고, "저어기 건너다 보이는 산기슭/ 겨우내 햇살이 데운 자리"도 그의 입 속에서이다. "바람의 가시와 부드러움이 움트"는 것도 그의 입 속에서이고, "봄을 손짓하는 솜털"이 싹 트는 것도 그의 입 속에서이다. "지나온 시간의 향기가 키운 여린 가지"가 뻗어 나오는 것도 그의 입 속에서이고, "아기 속살처럼 부드러운 연둣빛 잎사귀"에서 "하얀 눈의 동화가" 완성되는 것도 그의 입속에서이다.

시인은 입이 크고, 시인의 입 속에서 봄이 터져나온다.

만물이 소생하는 봄—.

"봄을 차린 밥상의 두릅/ 깨무는 순간/ 내내 참았던 겨울의 설움이/ 툭 터진다."

시인은 혁명가이고, 혁명가는 모든 기적을 다 연출해낸다.

설움을 설움으로 살며, 설움으로 설움의 알들을 밴다. 설움으로 설움의 알들을 배고, 드디어, 마침내, 그 설움 속에서 봄을 툭 뱉어낸다.

오오, 천지창조의 힘이여,

시인만이 위대하고, 시인만이 또 위대하다.

박지현

가을 사냥

가을을 쌈지에 달아 장대에 매달고
훠이 훠이 들판을 내달으면
하늘도 한 쟁반
햇살도 한 그릇
구름도 한 바가지
바람도 한 소쿠리

여치, 귀뚜라미, 메뚜기, 사마귀, 소금쟁이, 잠자리,
참새는 덤

망태기에 하나 가득
초가지붕에 곱게 말려
서까래에 걸어두고
기러기 서러운 밤
푸른 서리 아래

꿈마저 접어 두고

홀로 잠들 때

향피리 소리로 씻어두면

시름도

서름도

가을 울타리로 그만이겠네

가을은 수확의 계절이며, 천고마비天高馬肥의 계절이다. 하늘은 높고 말들은 살이 찌고, 온 들녘은 황금빛으로 출렁거린다. 이 세상 모든 것이 다 '내 것'인 양 마음이 풍요로워지고, 마음이 풍요로워지면 누구나 다 시인이 된다. 시인은 꿈을 꾸는 자이며, 그 모든 것을 다 이상적(낭만적)으로 생각한다.

「가을 사냥」의 박지현 시인은 낭만주의자이며, 그는 낭만주의자로서, 최고급의 사냥 솜씨를 뽐낸다. 가을을 쌈지에 매달고 휘이 휘이 들판을 내달리면 "하늘도 한 쟁반/ 햇살도 한 그릇/ 구름도 한 바가지/ 바람도 한 소쿠리"를 수확하게 된다. 가을을 쌈지에 달아 장대에 매단다는 사냥 솜씨, 들판을 내달리며 "하늘도 한 쟁반/ 햇살도 한 그릇/ 구름도 한 바가지/ 바람도 한 소쿠리" 등을 수확해내는 사냥 솜씨는 이 땅의 대부분의 얼치기 시인들은 생각해내지도 못하는 상상력의 혁명이라고 할 수가 있다. 박지현 시인의 이 사냥 솜씨는 하나님도 감동한 듯, "여치, 귀뚜라미, 메뚜기, 사마귀, 소금쟁이, 잠자리, 참새" 등이 그 덤으로 따라오고, 천하가 다 '내 것'이듯이, 그 수확물을 자연의 터전에다가 다 그대로 저장해두게 된다.

그의 망태기는 이 세상에서 가장 큰 자연의 망태기이며, 그는 그 수확물들을 비록 상상 속에서의 일이기는 하지만, 초가지붕에 곱게 말려 서까래에 걸어둔다. 하지만, 그러나 회자정리會者定離라는 말이 있듯이, "기러기 서러운 밤/ 푸른 서리 아래/ 꿈마저 접어 두고/ 홀로 잠들 때" 그 서러움을 "향피리 소리로 씻어두면" 서럽고 서러운 시름마저도 가을 울타리가 되어준다.

박지현 시인은 제일급의 언어의 사냥꾼이며, 그의 언어는 백발 백중의 명사수의 그것과도 같다. 그의 사냥 터전은 우주적이며, 이 「가을 사냥」이 영원불멸의 이름으로 그것을 증명해준다.

조성화
독풀

독풀의 독은 인간을 해하려는 게 아니라

음독용이 아닐까

독풀도 사랑받고 싶은데 사랑받고 싶어 환장하는데

사랑받기에 실패하면

조용한 밤에 스스로 제 독을 머금는 건 아닐까

이 세상에서 종족보존보다 더 중요한 것은 없고, 종족보존사업은 자기 자신의 그 모든 것을 다 걸고 가장 아름답고 찬란한 꽃으로 피어난다.

꽃은 존재의 열림이며, 꽃의 향기는 자기 짝으로 부르는 소리이다. 꽃의 향기, 즉, 자기 짝을 부르는 소리를 듣게 되면 그는 순간적으로 이성을 잃고 미치광이가 된다. 어머니도 없고, 아버지도 없고, 오직, 자기 자신의 성적 욕망을 충족시키기 위하여 목숨을 걸게 된다.

성욕은 종족의 명령이며, 성교는 종족의 명령의 실천이다.

조성화 시인의 「독풀」은 이 사랑의 중요성을 알고, 그것을 역설적으로 표현해 본 것이다. 사랑할 수 없을 때, 또는 사랑을 받지 못할 때, 우리는 누구나 다같이 독을 품게 된다.

파리스의 독풀, 헬렌의 독풀, 안토니우스의 독풀, 클

레오파트라의 독풀, 메디아의 독풀, 아리아드네의 독풀, 춘향이의 독풀, 이몽룡의 독풀, 예수의 독풀, 부처의 독풀 등, 이 모든 독풀들은 사랑의 독풀이라고 할 수가 있다.

「독풀」은 시도 때도 없이 자라고, 독풀은 그 어디에서도 무성하게 자란다.

조성화

진짜 죽음

살아있으면서도 사랑하지 않는 것

이게 진짜 죽음이다

이 세상은 사랑으로 열리고, 이 세상은 사랑으로 날이면 날마다 새로운 역사의 발걸음을 움직여 나간다.

암수 한 쌍이 만나는 것, 이것이 사랑이며, 이 사랑을 거부하는 것은 천륜을 거부하는 대역죄에 해당된다.

사랑을 하지 않음으로써 자기 자신을 죽이고, 자기 자신을 죽임으로써 자기 자신의 짝을 죽인다. 자기 자신의 짝을 죽임으로써 후손을 죽이고, 자기 자신의 후손을 죽임으로써 더 이상 사랑의 노래가 울려 퍼지지 않게 된다.

사랑은 먹고 사는 일보다도 더 중요하다. 왜냐하면 먹고 사는 일조차도 사랑을 위한 노역에 지나지 않기 때문이다.

요즈음 젊은 사람들 사이에서는 독신주의자들이 무

섭게 늘어나고 있고, 급기야는 이성간의 만남이 허용되지 않는 장소들이 생겨나고 있다고 한다.

삼포세대, 오포세대, 칠포세대 등, 자기 자신의 존재의 근거를 마련하지 못한 젊은이들의 독신주의는 따지고 보면 '고령화 사회의 재앙'이라고 할 수가 있다.

살아 있다는 것 자체가 욕이 되고, 더 이상 살아 있어야 할 이유도 없는 늙은이들을 하루바삐 대대적으로 소탕하지 않으면 안 된다.

유엔은 하루바삐 인간수명제—인생 70—를 채택하라!!

박은주
피터팬의 상식

네버랜드에는 규칙이 있어요
규칙을 어긴 사람은 피터팬이 처리하죠, 소리 없이

볼펜과 계산기를 지나
이름보다 숫자가 가까워지면
망막에 잉크를 칠하고 문밖을 상상하지 않아요
지키지 않을 약속에 손가락 걸고
가짜 이름에도 설탕가루 뿌리며
서랍마다 자물쇠를 채우죠

저녁마다 가슴에 불 지르지만 한 번도 라이터를 켜
지 못해요
악어가 아니면서 악어인 척
의자에 붙어 속임수를 재단하는 취미가 생겼다면
규칙을 어긴 거예요

안개가 깊숙이 차오르는 새벽

흉터뿐인 거울을 들여다보며

나는 피터팬을 기다려요

네버랜드는 이상적인 낙원이고, 이상적인 낙원이 이
상적인 낙원이기 위해서는 그 이상낙원을 규정하는 목
적과 규칙이 있어야 한다. 네버랜드는 만인의 평등과
만인의 행복이 그 존재의 목적이기는 하지만, 그러나
그 존재의 목적을 위해서는 피터팬과도 같은 영웅이 존
재하지 않으면 안 된다. 왜냐하면 한 사람의 행복은 타
인의 행복을 짓밟고, 만인의 평등은 최소한도의 위계
질서를 인정하지 않기 때문이다. 서로가 서로의 행복
을 침해하지 않는 행복도 없고, 최소한도의 위계질서
를 허용하지 않은 이상낙원도 없다. 이상낙원은 하나
의 신기루이고, 말장난이며, 피터팬과도 같은 영웅—
최고의 권력자—이 자기 자신의 존재를 합리화시키기
위한 상징의 세계에 지나지 않는다.

네버랜드는 볼펜과 계산기를 지나 존재한다. 볼펜으
로는 네버랜드를 적어야 하고, 계산기로는 네버랜드

에 다가갈 수 있는 공식을 두들겨 보아야 한다. 볼펜으로 네버랜드를 적고 네버랜드에 다가갈 수 있는 공식을 계산기로 두들겨 보면 네버랜드는 이름보다 숫자에 가까워진다. 따라서 이름보다 숫자에 가까워진 네버랜드는 거의 100%의 믿음이라는 확률로 다가오게 되고, 바로 이때쯤이면 그 이상의 신봉자들은 망막에 잉크를 칠하고 그 이상 밖을 상상조차도 해보지 않게 된다. 예수를 위해 살고 예수를 위해 죽는다는 광신도들의 무리들처럼, "지키지 않을 약속에 손가락 걸고/ 가짜 이름에도 설탕가루 뿌리며/ 서랍마다 자물쇠" 채운다. 모두가 다같이 자유롭고 모두가 다같이 행복하다는 네버랜드는 하나의 신기루이고 말장난에 불과하지만, 그러나 그 상징조작에 현혹된 자들에게는 그 얼마나 달콤한 설탕과도 같은 이상낙원이란 말인가? 믿음은 보이지 않는 것의 구체적인 증거이자 그 실체이기 때문에, 모두가 다같이 자기 자신의 믿음에 대한 자물쇠를 채우게 된다.

만인의 평등과 만인의 행복—. 그러나 이 이상낙원의 세계는 단 한 번도 존재한 적도 없고, 어느 누구도가 본 적이 없다. "저녁마다 가슴에 불 지르지만 한 번도 라이터를 켜지 못해요"라는 시구는 그 믿음에 대한 회의가 생겼지만, 그러나 그 믿음을 버릴 수가 없다는 것을 뜻한다. 왜냐하면 그 믿음을 버리는 순간 광신도로서의 자기 자신의 생애와 존재의 정당성을 확보할 수가 없기 때문이다. "악어가 아니면서 악어인 척/ 의자에 붙어 속임수를 재단하는 취미가 생겼다면/ 규칙을 어긴 거예요"라는 시구는 네버랜드라는 상징을 물어뜯고 그 상징조작자들을 처형하고 싶지만, 그럴 수가 없다는 것을 뜻하고, 오히려, 거꾸로 피터팬과도 같은 상징조작자들의 권력 앞에서 복종을 하게 되었다는 것을 뜻한다.

상징은 설탕과도 같이 달콤하고, 상징조작에는 무서운 피비린내가 배어 있다. 피터팬의 네버랜드는 피터팬이 있기 때문에 행복하고, 또한 피터팬의 네버랜드는 피터팬이 있기 때문에, 자기가 자기 자신의 음모를 고발하는 복종의 자유를 누리게 된다.

예수도, 부처도 존재하지 않는다. 천국도, 극락도 존재하지 않는다. 피터팬도, 네버랜드도 존재하지 않는다. 다만, 최고급의 문화적 영웅들이 자기 자신의 존재와 그 통치술의 정당성을 합리화시키기 위한 상징의 세계만이 존재한다.

상징은 환영이며 마약이고, 이 상징에 대한 믿음이 생겨나면 누구나 다같이 광신도가 되어버린다.

피터팬, 피터팬, 상징조작자—. 피터팬, 피터팬, 머리에서 발끝까지 사기꾼의 피가 흐르는 상징조작자—.

오오, 우리들의 가짜 영웅들이여!!

천양희

짧은 심사평

나무들이 바람을 남기듯이
시간이 메아리를 남기듯이
달이 바닷물을 끌어당기듯이

불켠 듯 불을 켠 듯

해를 향해 가라
그림자는 늘 자신 뒤에 있을 것이니
그대는 행성이 아닌 항성

장래가 천천히
눈부셔지길 바란다

첫째, 시인은 언어의 창시자(명명자)가 되어야 하고, 둘째, 시인은 언어를 자기 자신의 생명으로 삼을 줄을 알아야 하고, 셋째, 시인은 이 언어의 소유권을 포기하고 반드시 만인들의 재산으로 헌납하지 않으면 안 된다. "나무들이 바람을 남기듯이/ 시간이 메아리를 남기듯이/ 달이 바닷물을 끌어당기듯이" 아주 아주 자연스럽게 그 어떤 만고풍상도 다 참고 견디지 않으면 안 된다.

시인의 길은 지혜의 길이고, 지혜의 길은 용기의 길이며, 용기의 길은 성실함의 길이다. 지혜는 새로운 언어의 세계, 즉, 목표—그것이 천국이든, 극락이든, 이상낙원이든지간에—를 창출해내는 것이고, 용기는 그 목표를 달성할 수 있는 의지이고, 성실함은 수십 번씩, 수백 번씩 넘어져도 그때마다 불가능의 숨통을 끊어버릴 수 있는 윤리의식이라고 할 수가 있다. 지혜는 이론

(사상)이고, 용기는 실천이며, 성실함은 이론과 실천을 떠받치는 책임윤리이다. 지혜, 용기, 성실함은 낙천주의자의 근본신조이며, 이 세상의 삶의 찬가의 세 기둥이라고 할 수가 있다.

시인은 단 한 편의 명시를 쓰기 위하여 자기 자신의 단 하나 뿐인 목숨을 거는 것이다. 전후좌우도 살필 필요가 없고, 우군도, 원군도 기다릴 필요가 없다. 오직 외롭고 쓸쓸하게, 아니, 더욱더 고독하고 용기 있게 "불켠 듯 불을 켠 듯// 해를 향해" 나아가지 않으면 안 된다. 시인은 행성이 아닌 항성, 즉, 자기 스스로 미래의 태양이 되지 않으면 안 된다.

천양희 시인의 「짧은 심사평」은 최고급의 심사평이자 절차탁마의 명시라고 할 수가 있다.

손택수
성냥갑 동물원

성냥을 긋고 얼른 담배로 불을 가져갈 때
꺼지지 않게 불을 감싸던 두 손은 꽃봉오리를 품은
잎과 같았지
맞아, 그때 적어도 나는 불이 그냥 불이 아니라
누군가의 심장이라도 된다는 듯이
고개를 숙이고 등으로 바람벽을 하였지
하긴 그때 성냥은 다들 동물들이었으니까
닭표, 사슴표, 펭귄표, 용마표, 오리표
동물들이 불을 켜곤 하였으니까
어쩌다 성냥골로 귀를 후비면 동굴 속에 횃불을 켜
들고
내 안의 깊고 깊은 지층으로 여행을 떠나는 것도 같
았다
불은 원앙의 날개였다가, 사자의 갈기였다가,
세상에 없는 동물들을 만나게도 하였다

천마표와 비호표, 비사표

그런 성냥갑엔 근사한 말들도 있었지

'인간은 오직 노동에 의해서만 세상에서 편안히 지낼 수 있다.

그러므로 노동을 하지 않는 자는 편안을 누릴 수 없다.'

알 수 없는 명언들이 우리를 명상으로 이끌었지

먼지가 켜켜이 쌓인 성냥공장 노동자의 노동은 왜 골병인지,

노동은 왜 휴식이 되지 못하는지,

유황 냄새에 코를 킁킁거리는 내게 그 많은 동물들은

성냥이 단순히 성냥만은 아니라고 말하는 것 같았다

제비표, 거북표, 공작표, 백구표

동물들의 눈빛처럼 희미하게 사라져간 성냥

두 손을 오므려 공손하게 품던 불을 불러본다

젖은 성냥을 켜듯이, 이름만 남은 나의 성냥갑 동물원

시는 순수하고, 산문은 순수하지 않다. 시는 이상세계로 향하고, 산문은 현실세계로 향한다. 시는 산문을 무시하고, 산문은 시에 대하여 더욱더 도전적이고 공격적인 자세를 취한다. 순수한 세계, 즉, 이상세계는 존재하지도 않으며, 언제, 어느 때나 이 땅의 현실세계가 더욱더 소중하다고 할 수가 있다. 시와 산문은 영원히 화해할 수 없는 원수형제같지만, 사실, 따지고 보면, 언어예술의 양대산맥이라고 하지 않을 수가 없다. 이야기 시는 시와 산문의 상호대립과 그 모순점을 지양하고, 산문의 내재율을 통하여 그 서사적인 구조를 전개시켜 나가는 것을 말한다. 어느 정도 시의 음악성을 훼손시키긴 했지만, 그러나 발단, 전개, 절정, 결말이라는 서사적 구조로서 만인들의 정서를 자극하고 그 이야기 시의 진수를 선보이게 된다.

　손택수 시인의 「성냥갑 동물원」도 그의 이야기 시의

진수라고 할 수가 있다. 이제 성냥은 그 옛날의 이야기 속이나 박물관에 전시되어 있겠지만, 성냥은 그 옛날의 부싯돌 시대를 마감하고 산업화 시대를 이끌어낸 주역이었다고 해도 과언이 아니다. 물질은 에너지이고, 에너지는 물질이다. 이 세상의 근본물질이 불이듯이, 이 불을 어떻게 얻느냐에 따라서 그 사회의 성격이 달라지게 되었던 것이다. 부싯돌은 원시시대의 야만성을 극복해냈고, 성냥은 산업사회를 창출해냈고, 가스라이터는 탈산업사회(최첨단 정보화 사회)를 이룩해냈다. 불은 에너지이고, 혁명의 주역이며, 우리 인간들이 어떤 불을 사용하고 있느냐에 따라서 그 사회의 성격이 달라지게 되어 있었던 것이다. 부싯돌의 발명도 천지개벽과도 같았을 것이고, 성냥의 발명도 천지개벽과도 같았을 것이고, 가스라이터의 발명도 천지개벽과도 같았을 것이다.

"성냥을 긋고 얼른 담배로 불을 가져갈 때/ 꺼지지 않게 불을 감싸던 두 손은 꽃봉오리를 품은 잎과 같았지/ 맞아, 그때 적어도 나는 불이 그냥 불이 아니라/ 누군가의 심장이라도 된다는 듯이/ 고개를 숙이고 등으로 바람벽을 하였지"라는 시구는 「성냥갑 동물원」의 발단에 해당되고, "닭표, 사슴표, 펭귄표, 용마표, 오리표/ 동물들이 불을 켜곤 하였으니까/ 어쩌다 성냥골로 귀를 후비면 동굴 속에 횃불을 켜들고/ 내 안의 깊고 깊은 지층으로 여행을 떠나는 것도 같았다"라는 시구는 「성냥갑 동물원」의 전개에 해당된다. 산업사회의 문턱에서 성냥은 귀하디 귀한 존재였고, 그 성냥을 대하는 태도는 불의 신을 숭배하는 배화교도와도 같았다. 왜냐하면 성냥은 불꽃이고, 심장이고, 닭표, 사슴표, 펭귄표, 용마표, 오리표와도 같은 모든 동물들의 생명 자체였기 때문이다.

성냥갑은 동물원이고, 성냥갑은 자연이고, 성냥갑은 우주였다. 최초의 세상은 성냥갑으로 열리고, 성냥갑만이 성스럽고, 성냥갑 속에서는 횃불을 켜고, 멀고 먼 동굴로, 우주로 여행을 떠날 수도 있었다. 드디어, 마침내 성냥갑 속으로, 멀고 먼 동굴로, 우주로 여행을 떠나면, "불은 원앙의 날개였다가, 사자의 갈기였다가/ 세상에 없는 동물들을 만나게도 하였다." 천마天馬도 만나고, 비호飛虎도 만나고, 비사飛獅도 만난다. 어디 그뿐이던가? "인간은 오직 노동에 의해서만 세상에서 편안히 지낼 수 있다/ 그러므로 노동을 하지 않는 자는 편안을 누릴 수 없다"라는 산업화 시대의 근본 이데올로기와도 만나게 된다. 노동은 동체성을 보존하고, 노동은 창조성(예술성)을 보장해준다. 성냥은 불이며, 노동이고, 성냥은 산업사회를 신성시하는 근본 이데올로기이며, 「성냥갑 동물원」의 대절정이라고 하지 않을 수가 없다.

하지만, 그러나 이제 성냥의 신화는 어느덧 소멸하였고, "먼지가 켜켜이 쌓인 성냥공장 노동자의 노동은 왜 골병인지/ 노동은 왜 휴식이 되지 못하는지/ 유황 냄새에 코를 쿵쿵거리는 내게 그 많은 동물들은/ 성냥이 단순히 성냥만은 아니라고 말하는 것 같았다"라는 시구에서처럼 그 대단원의 결말을 내리게 되었다. 「성냥갑 동물원」의 노동은 만인들의 불행이고, 골병이며, 그 동물원이 지시하던 이상세계는 너무나도 터무니없고 허무맹랑한 블랙 코미디의 세계에 지나지 않았던 것이다. 성냥은 "제비표, 거북표, 공작표, 백구표/ 동물들의 눈빛처럼 희미하게 사라져간 성냥"이며, 인간다운 삶은커녕, 더없이 초라하고 쓸쓸하게 사라져간 이 땅의 민중들의 초상에 지나지 않는다. 「성냥갑 동물원」은 허공 속으로 사라져간 실낙원이며, 산업사회의 가

짜 신화이고, 자본의 욕망을 무한히 미화하고 성화시
키던 전시장에 지나지 않았다.

부싯돌의 신화, 성냥의 신화, 가스 라이터의 신화─.
이제 이 가스 라이터의 신화마저도 또 어떻게 변하고
사라져 갈는지는 아무도 모른다.

불은 물이 되고, 물은 공기가 된다. 공기는 흙이 되
고, 흙은 불이 된다. 이 세상의 근본물질은 불이며,
「성냥갑 동물원」은 대한민국의 대표적인 손택수 시인
의 희미한 옛 추억 속에 존재하는 신기루에 지나지 않
는다.

이상

오감도烏瞰圖

— 시제15호

1

나는거울없는실내에있다.거울속의나는역시외출중이
다.나는지금거울속의나를무서워하며떨고있다.거울속
의나는어디가서나를어떻게하려는음모를하는중일까.

2

죄를품고식은침상에서잤다.확실한내꿈에나는결석하
였고의족을담은군용장화가내꿈의백지를더럽혀놓았다.

3

나는거울있는실내로몰래들어간다.나를거울에서해방
하려고.그러나거울속의나는침울한얼굴로동시에꼭들어
온다.거울속의나는내게미안한뜻을전한다.내가그때문
에鑫圄되어있드키그도나때문에鑫圄되어떨고있다.

4

　내가결석한나의꿈. 내僞造가등장하지않는내거울. 무
능이라도좋은나의고독의갈망자다. 나는드디어거울속
의나에게자살을권유하기로결심하였다. 나는그에게시
야도없는들창을가르치었다. 그들창은자살만을위한들
창이다. 그러나내가자살하지아니하면그가자살할수없
음을그는내게가르친다. 거울속의나는불사조에가깝다.

5

　내왼편가슴의위치를방탄금속으로엄폐하고나는거울
속의내왼편가슴을겨누어권총을발사하였다. 탄환은그
의왼편가슴을관통하였으나그의심장은바른편에있다.

6

　모형심장에서붉은잉크가엎질러졌다. 내가지각한내
꿈에서나는극형을언도받었다. 내꿈을지배하는자는내
가아니다. 악수할수조차없는두사람을봉쇄한거대한죄
가있다.

이상 시인의 시, 「오감도烏瞰圖 —시제15호」는 꿈과 현실, 또는 현실과 꿈의 처절한 싸움의 기록이며, 예술지상주의의 극치라고 할 수가 있다. "나는 거울없는 실내에 있다. 거울 속의 나는 역시 외출 중이다"라는 시구는 그의 예술적 자아가 외출했다는 것을 뜻하고, "나는 지금 거울 속의 나를 무서워하며 떨고 있다. 거울 속의 나는 어디가서 나를 어떻게 하려는 음모를 하는 중일까"라는 시구는 그 외출한 예술적 자아가 나를 해치려는 음모를 꾸미고 있다는 것을 뜻한다. 왜, 무엇 때문에 현실적 자아는 예술적 자아가 없는 방에 있게 된 것이고, 왜, 무엇 때문에 현실적 자아는 예술적 자아를 무서워하며 떨고 있는 것일까? 거기에는 다 그럴만한 까닭이 있는데, 왜냐하면 시인의 길과 일상생활인의 길은 양립할 수가 없기 때문이다. 시인의 길은 가난과 고통과 일상생활의 파탄을 불러오고, 일상생활인의 길은 아름답고 순수한 시인의 길을 외면하고 일종의 배부른 돈벌레가 될 수밖에 없다.

이 꿈과 현실, 혹은 현실과 꿈의 싸움에서, 예술, 즉, 꿈의 아름다움을 맛본 자는 영원히 그 황홀한 아름다움에서 헤어날 길이 없다. 시는, 예술은 마약 중의 마약이고, 그 어떠한 마약보다도 그 중독성이 더 강하다. 그는 "죄를 품고 식은 침상에서" 자고, 확실한 그의 꿈에 결석하게 된다. 확실한 꿈은 돈벌레의 꿈이고, 일상 생활인의 꿈이다. 이에 반하여, 시인의 꿈은 불가능한 꿈이며, 그 어떤 예측도 가능하지 않는 꿈이다. 시인의 길은 지혜도 필요하고, 용기도 필요하고, 그리고, 성실함도 필요하다. 지혜, 용기, 성실―, 그러나 이 삼박자를 다 갖춘 시인은 아주 드물고, 대부분이 자기 자신의 천재의 새싹을 자기 자신이 자발적으로 짓밟아 죽여버리게 된다. 적은 외부에 있지 않고 내부에 있다. 한 나라와 한 개인의 쇠퇴와 몰락은 이 내부의 적을 다스리고 제어하지 못한 데 있다고 해도 과언이 아니다. 아무튼 확실한 내 꿈에 나는 결석하였고, "의족을 담은 군용장화가 내 꿈의 백지를 더럽혀 놓았다." 확실한 내 꿈은 현실의 꿈이고, "내 꿈의 백지"는 시인의 꿈이다. 내가 시인의 길을 가고 있을 때는 일상생활에서 매우 어려운 처지에 몰릴 수밖에 없었고, 그것이 "의족을 담은 군용장화"로 나타났던 것이다. 의족은 가짜이고, 군용장화는 무시무시한 밥그릇 싸움의 수호신이라고 할 수가 있다.

따라서, "나는 거울있는 실내로 몰래 들어간다. 나를 거울에서 해방하려고"의 시구는 매우 어렵고 힘든 생활 때문에 예술적 자아를 떠나보내겠다는 뜻이 되지만, 그러나 이제는 예술적 자아와 현실적 자아는 서로가 서로를 분리할 수 없는 일심동체의 하나가 되어 있었던 것이다. 나는 거울 있는 실내로 '나' 몰래 들어갔지만, 거울 속의 나 역시도 침울한 얼굴로 동시에 꼭 들어온다. 거울 속의 나도 미안한 뜻을 전하고, 거울 밖의 나도 미안한 뜻을 전한다. 나도 그 때문에 붙잡혀서 떨고 있고, 그도 '나' 때문에 붙잡혀서 떨고 있다. 시인의 길은 멀고 험난하고, 시인의 길은 멀고 험난하기 때문에 손에 잡힐 듯, 손에 잡히지 않는 아름다움으로 더욱더 밝게 빛난다. 순수와 순수를 이어주는 고산영봉, 자유와 사랑과 평등으로 이어지는 고산영봉, 도덕과 법이 없어도 모든 것이 다 풍요롭고 행복한 이상낙원으로 이어주는 고산영봉―. 시의 봉우리들은 수많은 고산영봉으로 이루어져 있고, 높이 높이 머나먼 은하계와 은하계까지도 맞닿아 있다. 시인의 길은 멀고 험난하기만 하고, 시인의 길을 포기하자니 도대체 살맛이 나지 않는다. 멀고 험하다는 것은 무섭고 떨린다는 것이고, 시인의 길을 포기한다는 것은 거울 속의 나와 거울 밖의 나, 즉, 서로가 서로에게 미안한 일일 수밖에 없는 것이다.

내가 결석한 나의 꿈의 세계는 현실의 내가 등장할 수 없는 거울의 세계이고, 예술의 세계이며, "무능도 좋은 나의 고독"의 세계라고 할 수가 있다. 시인은 순진한 어린아이이고, 어른이 되어서도 어른답지 않은 철면피이고, 그 아무런 대책도 없는 백수건달에 지나지 않는다. 현실적 자아는 예술적 자아에게 자살만을 위한 들창을 제시하고, 그 예술적 자아에게 자살을 권유한다. "이 유치한 어린아이, 어른이 되어서도 어른답지 않은 철면피, 이 아무런 대책도 없는 백수건달놈아, 이제 제발 더 이상 내 인생에 개입하지 말고 썩 꺼져달라"고 수도 없이 외쳐댔지만, 거울 속의 나는 불사조에 가깝다고 아니할 수가 없다. 왜냐하면 내가 자살하지 않는 한, 그 역시도 자살할 수가 없기 때문이다. 좀 더 극단적으로 말해서, 거울 밖의 나는 거울 속의 나를 향하여 수도 없이 권총을 발사했지만, 그러나 그의 심장이 없는 왼편 가슴만을 관통했던 것이다.

확실한 내 꿈에 나는 결석하였고, 내가 지각한 내 꿈에서 나는 극형을 선고받았다. 확실한 내 꿈은 현실의 꿈이고, 내가 지각한 내 꿈은 예술의 꿈이다. 확실한 내 꿈에 결석하였고, 그 결석의 후유증으로 내 백지의 꿈에 지각하였고, 그 결과, 나는 극형을 선고받았다. 현실의 길에서도 죄인이 되었고, 예술의 길에서도 죄인이 되었다. "내 꿈을 지배하는 자는 내가 아니다. 악수할 수조차 없는 두 사람을 봉쇄한 거대한 죄가 있다."

진퇴양난進退兩難─, 앞으로 나아갈 수도 없고, 뒤로 물러날 수도 없다. 이럴 수도 없고, 저럴 수도 없고, 그 어떠한 비책묘계도 다 소용이 없다. 예술적 자아가 현실적 자아를 설득하고, 현실적 자아와 함께 '시인의 길'을 걸어가고자 하면, 이번에는 현실, 즉, 돈벌레라는 괴물이 나타나 이상 시인의 앞길을 가로막는다. 내 꿈을 먹고 사는 돈벌레, 나와 내가 악수할 수조차도 없게 하는 돈벌레─. 그 옛날이나 지금이나 돈벌레가 제일 무섭고, 이 돈벌레가 부과하는 극형이 제일 무서운 것이다.

　이상 시인의 시, 「오감도烏瞰圖 —시제15호」는 건축학적으로는 도저히 설명할 수 없는 조감도이지만, 그러나 예술적으로는 이중−삼중의 싸움을 통해서 예술지상주의의 극치를 완성해낸다. 현실적 자아는 돈벌레와 타협을 하자고 하고, 예술적 자아는 '시의 아름다움'을 역설하고 시인의 길을 함께 가자고 한다. 현실적 자아와 예술적 자아와의 싸움도 피투성이의 싸움이지만, 그러나 현실적 자아 역시도 어쩔 수 없이 예술적 자아의 편을 들게 된다. 하지만, 그러나 바로 그때, 돈벌레라는 괴물이 나타나 그의 숨통을 끊어버리겠다고 으름장을 놓게 된다. "내가 지각한 내 꿈에서 나는 극형을 언도받았다. 내 꿈을 지배하는 자는 내가 아니다. 악수할 수조차 없는 두 사람을 봉쇄한 거대한 죄가 있다"라는 시구가 바로 그것을 말해준다. 돈벌레는 아버지이고, 경제이고, 재판장이고, 요컨대 최후의 심판의 날을 주재하는 저승사자라고 하지 않을 수가 없다.

　하지만, 그러나 바로 그때, 그 피비린내 나는 패배를 통해서, 이상 시인의 최종적인 승리가 확정된다. 이

미 패배와 패배가 예정된 싸움, 백만 분의 일의 가능성
도 없는 싸움을 너무나도 의연하고 당당하게 수행했던
그의 시인 정신에 의하여, 「오감도烏瞰圖 ―시제15호」는 그
영원한 생명력을 얻게 되었던 것이다. 죄를 품고 식은
침상에서 잘 때에도 시는 씌어지고, 확실한 내 꿈에 결
석할 때에도 시는 씌어진다. 무능이라는 고독 속에서
도 시는 씌어지고, 자기 자신의 심장에 권총을 쏘아댈
때에도 시는 씌어진다. 악수할 수조차도 없는 거대한
죄를 지을 때에도 시는 씌어지고, 돈벌레에게 극형을
선고받을 때에도 시는 씌어진다.

아버지도 죽이고, 어머니도 죽이고, 친구도 죽이고,
대통령도 죽인다. 선도 죽이고, 악도 죽이고, 진실도
죽이고, 허위도 죽인다. 시인의 살해는 무차별적인 살
해이며, 새로운 가치를 창출해내기 위한 '창조적 살해'
라고 할 수가 있다.

'나는 신성모독을 범한다, 고로 존재한다'는 그의 존
재론이고, '세계는 나의 범죄의 표상이다, 고로 행복하
다'는 그의 행복론이다.

시의 세계는 붉디 붉은 피가 필요하고, 모든 시는 그
의 단 하나뿐인 목숨을 요구한다.

김화연
빈곳을 찾다

봄이 오고 있다
오늘, 꽃들을 헤치고
사람 하나 들어 올 빈 곳을 찾는다.

사람에게 사람 하나 들어오는 일
아랫목에 부지런한 햇살을 앉히고
창문을 열어 시원한 여름을 불러들인다.
욕심 하나 치우면
그곳은 빈곳이 된다.
이기심 하나 접으면 그곳 또한
배려의 한 자리가 된다.

사람에게 사람 하나 들어오는 일
방문을 활짝 연다.
그 사람의 말투를 위해

내 말투를 좁히고
웃음을 위해 웃음으로 마중 나가야 한다.
마음 한 쪽 비켜주어
그 마음 편히 들어 올 수 있게

조금씩만 넓혀도
사람 하나 들어 올 수 있는
마음 그득해지는 방

빈곳은 비어 있는 곳이 아니라
기다리는 곳이다
사람 하나 들어 올 때를 위해
숨겨놓고 있는 곳이다

이 세상을 살아간다는 것은 애정의 결핍, 재화의 결
핍, 권력의 결핍, 명예의 결핍, 기술과 능력의 결핍 속
에서 살아간다는 것이고, 이 결핍의 조건 속에서 서로
가 서로를 돕고 살아가지 않으면 안 된다. 무리를 짓
고, 도덕과 법률을 만들고, 분업과 협업을 사회 생활
의 근본조건으로 한다는 것은 바로 이 결핍들을 채워
나가기 위한 최선의 선택이었던 것이다. 욕망은 결핍
의 소산이며, 이 욕망을 채우지 못하면 그의 생존이 문
제가 될 수 있다.

　하지만, 그러나 욕망의 극대화는 이기주의의 극치가
되고, 사회적 재앙인 양극화 현상과 함께, 계급갈등을
초래할 수가 있다. 따라서 보다 중요한 문제는 어떻게
하면 이 욕망들을 절제하고, 모두가 다같이 자기 자신
의 몫을 그의 이웃들에게 나누어 주는 일이 될 것이다.
욕망은 채움이 되고, 나눔은 비움이 된다. 채움은 만악

의 근원이 되고, 나눔은 모든 선의 근원이 된다. 최초의 라듐의 발견자인 퀴리 부인이 그 어떤 특허권의 행사도 거부했을 때에도 만인들이 기립박수를 쳤고, 노벨이 그의 전재산을 다 바쳐 노벨상을 제정했을 때에도 만인들이 기립박수를 쳤다. 플라톤이 '무보수 명예직'의 정치인의 삶을 역설했을 때에도 만인들이 기립박수를 쳤고, 마르크스가 만인평등과 공정한 부의 분배를 역설했을 때에도 만인들이 기립박수를 쳤다.

산다는 것은 채운다는 것이고, 채운다는 것은 비운다는 것이다. 그릇이 비면 채워야 하고, 그릇이 채워지면 비워야 한다. 김화연 시인의 「빈곳을 찾다」는 '비움의 미학'의 진수이며, 이 '비움의 미학'이 한여름의 꽃밭처럼 만인들을 불러들인다. "욕심 하나 치우면/ 그곳은 빈곳이 된다/ 이기심 하나 접으면 그곳 또한/ 배려의 한 자리가 된다." 살아서는 천하도 좁다고 그 모든 사악한 일들을 다 연출해냈던 전제군주들마저도 한 줌의 재로 사라져갔다는 사실을 생각해보면, 욕심 하나 치우는 것도 어렵지가 않고, 이기심 하나 접는 것도 어렵지가 않다. 사람과 사람을 위해 방문을 활짝 열고, 그 사람을 위해 내 말투를 좁히고, 그 사람의 웃음을 위해 즐겁고 기쁜 웃음으로 마중을 나가지 않으면 안 된다. 태어날 때는 두 주먹을 불끈 쥐고 태어나야 하지만, 죽을 때에는 두 손을 활짝 펴고 죽어가지 않으면 안 된다. 어린 아이는 그의 꿈과 욕망을 좇아서 살아야 하기 때문이고, 어른은 모든 것을 다 주고 떠나가야 하기 때문이다.

욕망과 나눔도 하나이고, 채움과 비움도 하나이다. 돈을 많이 벌었다는 것도 죄를 많이 지었다는 것이고, 명예와 명성을 쌓았다는 것도 죄를 많이 지었다는 것이고, 최고의 권력자가 되었다는 것도 죄를 많이 지었다는 것이다. 우주도 한계가 있고, 지구도 한계가 있고, 사회적 재화도 한계가 있다. 따라서 그가 그의 곳간을 많이 채웠다는 것은 그것이 합법적이든지, 아니든지간에, 그가 그만큼 타인의 몫을 가로채갔다는 것이 된다. '노블레스 오블리주', 즉, 사회적 지도층의 솔선수범의 도덕성이 강조되는 것이 바로 여기에 있는 것이다. 이 세상을 살아간다는 것은 욕심 하나 비우고, 빈자리를 마련한다는 것이다. 빈자리를 마련한다는 것은 타인들을 위한 배려의 자리를 마련한다는 것이고, 타인들을 위한 배려의 자리를 마련한다는 것은 우리들의 행복의 자리를 마련한다는 것이다.

돌멩이 하나의 외침이 4·19 혁명을 완성하고, 촛불 하나의 혁명이 박근혜 정권을 붕괴시키고 문재인 정권을 탄생시켰다. "빈곳은 비어 있는 곳이 아니라/ 기다리는 곳이다/ 사람 하나 들어 올 때를 위해/ 숨겨놓고 있는 곳이다." 비움은 혁명이고, 기다림이고, 비움은 채움이며, 우리 모두의 행복의 시작이다. 모든 성소는 비움의 장소가 되고, 이 비움의 장소는 모든 성자들의 모태가 된다.

> 욕심 하나 치우면
> 그곳은 빈곳이 된다.
> 이기심 하나 접으면 그곳 또한
> 배려의 한 자리가 된다.

더없이 거룩하고 성스러운 빈곳, 더없이 아름답고 충만한 빈곳─. 김화연 시인의 「빈곳을 찾다」는 그의 최고급의 인식의 제전, 즉, '비움의 미학'이 찾아낸 성소라고 할 수가 있다.

우리 한국인들에게 가장 부족한 것은 조국애와 공동체 의식이라고 할 수가 있다. '이게 나라냐'라는 자조적인 탄식을 '나는 자랑스러운 한국인이다'라는 자긍심으로 바꾸기 위해서는 하루바삐 부의 세습을 뿌리뽑아야 한다. 권력의 세습도 뿌리뽑아야 하고, 성직의 세습도 뿌리뽑아야 한다.

사람과 사람을 위해 더 많은 비움의 자리를 만들고, 이 비움과 비움의 자리를 마련함으로써 우리 한국인들의 행복이 활짝 꽃 피어나게 하지 않으면 안 된다.

전명옥
이동식 무대

　우리는 전진한다 오른편으로 돌면서 전진한다 왼편
으로 돌면서 전진한다 밥을 먹으면서 전진한다 웃으면
서 전진한다 악수하면서 전진한다 서서 전진한다 앉아
서 전진한다 앉았다 서서 전진한다 샤워하면서 전진한
다 부부싸움하면서 전진한다 화장실 변기 위에 앉아 휴
지뭉치로 코를 풀어내며 전진한다 걸어가면서 전진한
다 대출 받으러 온 은행창구 앞에서 번호표를 만지작
거리며 전진한다 행운치과 삐걱거리는 진료의자 위에
누워 전진한다 옆 칸막이에서 흘러나오는 아이의 울음
소리를 들으며 전진한다 편의점 한 구석에 구부정하게
서서 컵라면을 먹으면서 전진한다 진격의 우리는 주정
꾼의 어깨에 떠밀리면서 전진한다 술집 탁자 모서리에
오지게 부딪혀 피멍 들면서 전진한다 美親 쌍욕하면서
전진한다 산부인과 진찰대 위에 가랑이 벌리고 누워 전
진한다 그때 너의 바지자락을 붙잡고 늘어질 걸 생각하

면서 전진한다 울고 가는 한 여자 먼 발치서 팔짱끼고 낄낄 구경하면서 전진한다 아버지 그땐 제가 나빴어요 눈가에 눈물방울 주렁주렁 매달고 전진한다 동네 구멍 가게 좌판 앞에서 까치에게 귀퉁이 파 먹힌 사과들을 담고있는 빨강 플라스틱 소쿠리를 만지작거리면서 전 진한다 등과 배가 들러붙은 길고양이에게 밥 주면서 전 진한다 밥 주지 말라고 피켓 시위하면서 전진한다 옛 날엔 나도 괜찮았는데 자주 마음속으로 후진하면서 전 진한다 술에 취해 새야 새야 이름 모르는 새야 노래랍 시고 흥얼거리면서 전진한다 천진한 표정으로 밤하늘 을 쳐다보며 아프다 달아 엄살떨면서 전진한다 우리는 전진하면서 전진한다 전진이란 무엇일까? 전진이란 분명한 목표를 정하고, 그 목표를 향하여 나가는 것을 말한다. 알렉산더 대왕도 전쟁이 없는 평화의 나라를 건설하기 위하여 세계정복운동에 나섰고, 나폴레옹 황제도 전쟁이 없는 평화의 나라를 건설하기 위하여 세계정복운동에 나섰다. 전쟁이 없는 평화의 나라는 영원한 제국을 말하고, 모든 국민들이 서로가 서로를 사랑하고 믿으며, 그 어떤 싸움도 하지 않는 나라를 말한다. 독일의 제국주의와 일본의 제국주의도 마찬가지이고, 그들은 그 영원한 제국이라는 목표를 향하여 중단없는 전진을 외쳐왔던 것이다. 누구를 위한 전진이고, 무엇을 위한 전진인가? 그것을 두말할 것도 없이 전인류를 위한 전진이고 영원한 제국을 위한 전진이라고 할 수가 있다. 전진이란 이처럼 도전적이고 야심만만한 전진이지 않으면 안 되고, 전인류를 감동시킬 만한 전진이지 않으면 안 된다.

하지만, 그러나 전명옥 시인의 「이동식 무대」의 전진은 맹목의 전진이며, 미치광이들의 전진에 지나지 않는다. 임전무퇴도 전진이고, 초전박살도 전진이다. 중단없는 전진도 전진이고, 돌격 앞으로도 전진이다. 임전무퇴, 초전박살, 중단없는 전진, 돌격 앞으로는 군사독재와 개발독재시대의 산물이며, 이 용어들에는 그만큼 이성의 광기가 배어 있다고 하지 않을 수가 없다. 이성이 이성의 이름으로 헛소리를 하고, 그 헛소리를 헛소리로 인식하지 못한 채, 온갖 동족상잔의 비극을 다 연출해냈던 것이다. 나침반도 없고, 지도도 없다. 분명한 목표도 없고, 어느 골짜기, 어느 하늘 아래에서 헤매고 있는지도 모르는 전진은 영원한 제국은커녕, 무목표와 무책임과 무의지의 표본일 뿐, 그 어떤 성과도 이루어낼 수가 없었던 것이다. 오른편으로 돌면서 전진하고, 왼편으로 돌면서 전진한다. 부부싸움하면서 전진하고, 화장실 변기 위에 앉아 휴지뭉치로 코를 풀면서 전진한다. 대출 받으러 온 은행창구 앞에서 번호표를 만지작거리며 전진하고, 행운치과 삐걱거리는 진료의자 위에 누워 전진한다. 술집 탁자 모서리에 오지게 부딪혀 피멍 들면서 전진하고, 美親 쌍욕하면서 전진한다. 산부인과 진찰대 위에 가랑이 벌리고 누워 전진하고, 그때 너의 바지자락을 붙잡고 늘어질 걸 생각하면서 전진한다. 아버지 그땐 제가 나빴어요 눈가에 눈물방울 주렁주렁 매달고 전진하고, 옛날엔 나도 괜찮았는데 자주 마음 속으로 후진하면서 전진한다. 술에 취해 새야 새야 이름 모르는 새야 노래랍시고 흥얼거리면서 전진하고, 천진한 표정으로 밤하늘을 쳐다보며 아프다 달아 엄살떨면서 전진한다.

과연 어떻게 무책임한 좌우 이데올로기의 논쟁이 전진이 될 수가 있고, 과연 어떻게 부부싸움을 하고 대출 창구 앞에서 전진할 수가 있겠는가? 과연 어떻게 美親 쌍욕하면서 전진하고, 과연 어떻게 산부인과 진찰대 위에 가랑이 벌리고 전진할 수가 있겠는가? 과연 어떻게 아버지 앞에서 그땐 제가 나빴어요라고 용서를 빌면서 전진하고, 과연 어떻게 옛날엔 나도 괜찮았는데 마음 속으로 후진하면서 전진할 수가 있겠는가? 전명옥 시인의 「이동식 무대」는 전진할 수 없는 전진이고, 더없이 말들이 타락한 말들의 전진이다. 전진이 후퇴가 되고, 후퇴가 인간성 상실로 이어진다. 전진은 파시즘의 이데올로기이며 허위의식이고, 전진은 맹목이고 광기이다. 전진이 인간의 입을 틀어막고, 전진이 인간의 발목을 부러뜨린다. 전진이 인간을 구속하고, 전진이 일상생활인들을 미치광이로 만든다. "오른편으로 돌면서 전진한다 왼편으로 돌면서 전진한다"는 좌우 이데올로기의 논쟁의 행태를 뜻하고, "대출 받으러 온 은행창구 앞에서 번호표를 만지작거리며 전진한다"는 서민경제의 파탄을 뜻한다. "진격의 우리는 주정꾼의 어깨에 떠밀리면서 전진한다"는 전쟁광들의 광태를 뜻하고, "美親 쌍욕하면서 전진한다"는 친미주의자(사대주의자)들에 대한 원한 맺힌 저주감정을 뜻한다. 아름다울 미 자, 친할 친 자인 '美親'은 친미와 사대주의를 뜻하고, 다른 한편, 미치광이들의 미침을 뜻하며, 우리 한국인들이 친미와 미치광이에 지나지 않는다는 것을 뜻한다. 영원한 제국의 꿈이 없는 국가는 국가가 아니며, 영원한 제국에 종속된 노예국가에 지나지 않는다. 전진이 목표를 잃고, 전진이 그 뜻을 잃으며, 전진이 후퇴의 충신이 된다.

전진이 아닌 후퇴, 전진이 아닌 퇴보를 거듭하고 있는 전명옥 시인의 「이동식 무대」는 무시무시한 익살과 세태풍자적인 유모어가 「이동식 무대」를 전면적으로 장악하고, 반어, 기지, 역설, 점층법을 자유자재로 구사하면서 더없이 통렬하고 유쾌한 웃음이 아닌, 더없이 쓸쓸하고 쓰디쓴 웃음을 유발시킨다. 전진이란 무엇인가? 누구를 위한 전진이고, 무엇을 위한 전진인가는 물어 볼 필요조차도 없다. 영원한 제국이 무엇인지도 모르고, 남북통일이 무엇인지도 모른다. 왜, 미군을 철수시켜야 하는지도 모르고, 문화적 영웅이 무엇인지도 모른다. 우이독경과 마이동풍을 온몸에 써붙이고, 어느덧 세계적인 어릿광대의 역할이 우리 한국인들의 영혼과 육체에 내면화되어 있는 것이다.

사태를 완화시키기보다는 사태를 더욱더 악화시키는 무시무시한 익살과 세태풍자적인 유모어—. 전명옥 시인의 분노는 실제로 인간의 목을 비트는 것이 아니라, 이처럼 '전진'의 목을 비트는 것이었는지도 모른다. 우리는 전진하면서 후진하고, 우리는 후진하면서 전진을 목을 비튼다.

「이동식 무대」는 대단히 지적이며, 전명옥 시인의 역사 철학적인 인식이 그 빛을 발한다.

미국, 일본, 독일, 영국, 프랑스 등은 세계에서 가장 청결한 민족이고, 문화선진국의 척도는 이 청결지수라고 할 수가 있다.

이 세계는 누가 지배하는가? 전세계에서 가장 부패한 우리 한국인들이 지배하는가? 젠장, 빌어먹을……

우리는 법률을 제정할 때 우선적으로 범죄인의 권리를 고려한다. 기초생활질서위반은 방치한다, 전재산 몰수는 없다, 태형은 없다, 위증이나 거짓말도 거의 처벌을 안 한다, 사면복권은 남발한다라는 불문율이 바로 그것을 말해준다.

범죄인 국가 만세다. 일본이 우리 한국을 발톱의 때만큼도 취급 안 한다.

최서림

아청鴉青빛 시간

淸道라는 아청빛 시간에 푹 젖었다 왔다

시인인 나를 부러워하는, 나보다 더 시인다운 농부
를 만났다

소들이랑 한 식구처럼 살고 있었다 소를 닮아 눈망
울에

초겨울 저녁 검푸른 물빛 하늘이 출렁출렁 담겨 있
었다

마들이라는 두꺼운 시간 속에 아청빛 시인이 살고
있다

간판들이 켜질 무렵 얽매이지 않는 말이 되어 돌아
다니고 있다

도봉산 겨울 능선 위 저녁 하늘빛이

노시인의 눈에 흘러내릴 듯 가득 차 있다

광주 진월동에는 이른 새벽부터 푸른 저녁까지

편백나무로 시를 짜는 목공이 있다

총알이 스친 다리처럼 시리지만

옷깃을 여미게 하는 묘한 빛깔의 시간 속으로 빠져
들고 있다

말에 찔리고 베여 갈라터진 이 땅 어디에서도

붕대 같은 저녁이 찾아오듯이

시의 순간만큼 짧은 아청빛 시간이 왔다 간다

시인은 인간 중의 인간이며, 시인의 말씀에 의하여
이 세계가 창조되었다. 호머와 헤시오도스와 오르페
우스와 단테와 이태백과 두보와 단군과 세종대왕—단
군 신화와 한글창제도 나는 시라고 생각한다—등이 아
니었다면 모든 신화와 종교는 물론, 그 어떤 신들조차
도 존재할 수가 없었다. 시인의 한 걸음, 한 걸음은 세
계의 운행과도 같으며, 시인의 자아의 형성사가 세계
의 발전사가 된다. 시인과 농부와 황소와 노시인과 목
공과 청도와 마들과 도봉산과 편백나무와의 너무나도
완벽한 일치는 「아청빛 시간」에 의하여 예정되어 있
었던 것이다. 상상력은 움직임이고, 상상력은 사유이
고, 상상력은 천지창조이다. 청도라는 아청빛 시간이
부르면, 마들이라는 아청빛 시간이 대답하고, 마들이
라는 아청빛 시간이 대답하면, 광주라는 아청빛 시간
이 달려 나온다. 상상력은 자유롭고, 상상력은 역동적

이며, 상상력은 시간과 공간을 뛰어넘어 그 어떠한 한계도 모른다.

청도에는 시인보다 더 시인다운 농부가 살고 있고, 청도에는 농부들이 소들이랑 한 식구처럼 살고 있다. 눈동자는 크고 맑으며, 그들이 살고 있는 아청빛 시간은 검푸른 하늘로 자유와 평등과 사랑의 텃밭을 펼쳐놓는다. 마들에는 아청빛 시인이 살고 있고, 노시인의 눈에는 "도봉산 겨울 능선 위 저녁 하늘빛이" 가득차 있다. 광주에는 이른 새벽부터 푸른 저녁까지 편백나무로 시를 짜는 목공이 살고 있고, "말에 찔리고 베여 갈라터진 이 땅 어디에서도/ 붕대 같은 저녁이 찾아"온다. 청도도 아름답고 뛰어난 한 편의 시와도 같고, 마들도 아름답고 뛰어난 한 편의 시와도 같다. 도봉산도 아름답고 뛰어난 한 편의 시와도 같고, 광주도 아름답고 뛰어난 한 편의 시와도 같다. 농부도 시인이고, 황소도 시인이고, 노시인도 시인이다. 아청빛도 시인이고, 검푸른 물빛 하늘도 시인이고, 편백나무 목공도 시인이다. 나무도 시인이고, 이름 모를 풀들도 시인이고, 수많은 새들도 시인이다. 모든 역사적 상처들이 명약같은 시와 붕대같은 아청빛 시간 속에서 아물고, 새살이 돋고 삶의 의지가 꿈틀대듯이, 우주적인 평화가 찾아온다.

최서림 시인의 「아청빛 시간」은 너와 내가 다같이 손에 손을 맞잡고 '시인이라는 이름'으로 하나가 되는 시간이다. 자아를 망각한 황홀의 시간이며, 비록, 그 짧은 순간일지라도, 그 어떤 영원한 시간보다도 더욱더 영원한 시간이라고 할 수가 있다. 시의 마력은 황홀함의 마력이며, 너와 나는 시를 통해서 모두가 다같이 '우리'가 될 수가 있다.

시의 종교―. 인생은 예술이고, 언제, 어느 때 최종 심급은 시라고 할 수가 있다.

최서림 시인은 이처럼 아름다운 '시의 공화국'을 창조하고, 가장 경건하고 감미로운 언어로 '우주적인 행복'을 연주하고 있는 것이다.

　나의 재산 가운데서 현금으로 바꿀 수 있는 것에 대해서는 다음과 같이 집행해 주기를 바란다. 유언집행인은 그 자금을 기금으로 하여, 매년의 이자를 전년도에 있어서 인류를 위해 가장 위대한 공헌을 한 사람들에게 상금으로써 분배한다. 그 이자를 5등분으로 하여 일부는 물리

학의 영역에서 가장 중요한 발견 또는 발명을 한 사람에게, 일부는 가장 중요한 화학상의 발견 또는 발명을 한 사람에게, 일부는 생리학 또는 의학의 영역에서 가장 중요한 발견을 한 사람에게, 일부는 문학에 있어서 이상을 찾는 방향의 가장 훌륭한 창작을 한 사람에게, 일부는 국민 사이의 친선을 위해서 또는 군비의 폐지나 축소를 위해 또한 평화회의 성립이나 보급을 위해 가장 많이 또는 가장 많이 활동한 사람들에게 상금으로 수여한다. 물리학상과 화학상은 스웨덴 왕립 과학 학사원에서 수여하고, 생리, 의학상은 스톡홀름의 카롤린 의학 연구소에서, 문학상은 스톡홀름의 문학 학사원이나 프랑스와 스페인의 학사원에서, 평화상은 노르웨이 국회 선출의 다섯 명의 위원회에서 수여한다. 상을 받는 사람의 국적은 어디이든 상관없다. 스칸디나비아이든, 아니든 가장 적당한 사람에게 상금을 수여하는 것이 서명자의 의사라는 것을 여기에 분명히 밝혀둔다…… 이 유언의 집행인으로서 솔만 씨와 리루엑스트 씨를 지명한다.

— 반경환, 『이 세상에서 가장 아름다운 명문장들 1』에서 재인용.

최혜옥

간절곶

그대에게 가는 바닷길이 있다
안부를 묻는 엽서 한 장 배달되지 않는
방파제 끝,
망부석이 된 우체통 옆에서
심해로부터 울려오는 첩첩의
푸른 간절함 그 너머로
그대에게 가는 하얀 길을 본다
달아나는 너울이 그대인 듯
물길을 만들며 멀어진다
눈길로 재어보는
그대와 나의 거리
지울 수 없는 길이 파도로 떠다닌다
파랑으로도 닿을 수 없는
그대만 간절한 곳에서
간절곶을 본다.

　요즈음 여성들의 '성추행 고발사건'은 명사사냥, 즉, 남성사냥의 무자비한 활극처럼 보이고 있다고 해도 과언이 아니다. 유명 인사들의 절대적이고 상습적인 성추행의 관행도 문제이지만, 서지현 검사의 뒤를 이은 연속적인 고발사건(폭로사건)은 모든 이슈를 다 집어삼키고 남자들을 마치 잠정적인 범죄자로 취급하고 있는 것인지도 모른다. 여성들의 성추행의 고발 사건은 그 의도 자체가 조금은 불순하고 그만큼 타락했다고 볼 수가 있다.

　첫째는 여성들의 화장과 성형, 그리고 지나친 노출은 '성유혹 죄'로 단속해야 할 것이고, 두 번째는 남성들의 본능적인 구애활동마저도 지나치게 위축시키고 있다는 것이고, 세 번째는 '나도'와 '다 함께'라는 아름다운 우리말을 두고서 'Me too'니, 'With you'니 하면서 철두철미하게 사대주의(영어의 제국주의)에 봉사하고 있다는 것이다. 남성들의 성욕은 시선에 있으며, 아름다운 여성 앞에서 이성을 잃지 않을 남성은 단 한 명도 없다. 건전한 사랑과 성풍속도를 위해서는 여성들을 향한 '성 유혹죄'를 신설해야 하고, 그녀들의 화장술에도 어느 정도 제동을 걸어야 할 것이다. 여성들 역시도 지나치게 이기적이고 허영적인 측면이 있기 때문에, 그녀들은 대부분이 자기 자신보다 못한 남성들과는 사귀지를 않는다. 멋진 남자, 돈 많은 남자, 권력이나 명예를 가진 자는 그녀들의 이상적인 남성상이며, 따라서 그녀들은 그녀들의 성을 신분상승의 도구로 악용하는 측면도 상당히 많을 것이다. 이 신분상승욕구가 충족되면 성공의 신화를 창출해내게 되고, 이 신분상승욕구가 충족되지 않으면 배반당한 애정의 표현으로서 성추행 사건을 고발하는 요조숙녀의 탈을 쓰게될 것이다. 어느 국민의 인격과 그 성숙의 척도는 모국어 사랑에 있는 것이고, 'Me too'와 'With you'는 철두철미하게 모국어를 짓밟는 민족의 반역죄에 해당된다.

그대와 나의 거리

지울 수 없는 길이 파도로 떠다닌다

파랑으로도 닿을 수 없는

그대만 간절한 곳에서

간절곶을 본다.

　나도 다 큰 아들과 딸을 둔 가장이며, 대한민국의 문
화인 중의 한 사람이다. 남성에 대한 존경과 애정이
없는 무차별적인 고발과 인민재판은 여성과 남성, 그
어느 진영에도 전혀 도움이 되지를 않는다. 유명인사
들의 상습적인 성추행은 이 기회에 반드시 뿌리를 뽑
되, 이제는 인민재판식의 무자비한 활극은 자제해 주
기를 바란다.

　솔직히 나의 남성성을 거세하고 싶은 심정이다. 이
처럼 더럽고 추한 물건을 지니고 태어났다는 것이 마
치 씻을 수도 없는 원죄처럼만 생각된다.

　참으로 멀고 험한 길이고, 여성상위시대이고, 양성
평등의 길은 최혜옥 시인의 「간절곶」처럼, 그만큼 간
절할 뿐이다.

조성화　이은심

류　현　안영민

이순희　유계자

오현정　권혁재

최연홍　김종삼

조성화

몸

저 두툼한 생의 사전
펼쳐보니 사랑뿐이구나

사랑의 반대말도
사랑이구나

사랑은 탄생이고, 사랑은 성장이며, 사랑은 죽음이
다. 사랑은 목표이고, 사랑은 정책이고, 사랑은 실천
이다. 사랑은 몸이고, 사랑은 다툼이고, 사랑은 화해
이다.

　사랑은 물이고, 사랑은 불이고, 사랑은 공기이다. 사
랑은 대지이고, 사랑은 강이고, 사랑은 바다이다. 사랑
은 신발이고, 사랑은 양말이고, 사랑은 옷이다.

　사랑은 목발이고, 사랑은 의자이고, 사랑은 명약이
다. 사랑은 자유이고, 사랑은 평등이고, 사랑은 평화
이다.

　저 두툼한 생의 사전

　펼쳐보니 사랑뿐이구나

　사랑의 반대말도

사랑이구나

　사랑은 인간의 생명이고, 우리는 모두가 사랑의 광
신도이다.

　조성화 시인은 '사랑의 전도사'이자 '사랑의 시학'의
완성자라고 할 수가 있다.

이은심
미투 너머; 마른 젖퉁이를 쥐어짜다

나는 죽어도 미투의 줄을 서지 않겠다

차라리 내안에 끓고 넘치던 용암을 고발하겠다

적도의 화산지대를 헤메던 미친 여자로 살면서

전쟁공포와 억압을 삼켰노라고 고백하겠다

오오! 더러운 것이 어찌 수컷뿐이랴!

 암컷이 눈빛과 입술. 고운 얼굴과 아릿다운 자태
로 유혹하지 않았다면, 환한 대낮의 그들이 갑자기 흑
암 절벽의 수컷으로 돌변했으랴!

 진흙으로 빚어진 것이 어찌 볼록한 것 뿐이랴!

오목한 것들이 빛을 수렴하여 불꽃을 일으키는 일을 좋아하지 않았다면, 태평천국에 살던 그들이 식민지령으로 뛰어내리는 우를 범했으랴!

　천년만년 수컷은 암컷에게 죄를 범해왔으니, 이것은 개인 아닌 역사의 죄. 세계사의 도상에 늘 그런 괴물들이 처녀희생물을 원하였었구나 동굴속에는 처녀의 유골이 차고도 넘치는구나

　수수만년 암컷이 수컷을 꼬여 내었으니,

　이것은 자연의 본성. 유전자복제 프로그램에

　눈 먼 나날이 없었다면 종족보존이 되었을까?

　문제는 독점. 평생 일개미로 늙는 수컷이 있단다

　나는 뒤늦게 가엾은 수컷에 모성의 눈을 뜬다

아이들을 기르고 남은 마른 젖퉁이를 쥐어짠다

격려와 위로. 친절과 배려가 전부라 해도

감사에 반짝이는 검은 눈동자의 생명을 읽는다

입신출세의 꿈을 위해 유명인사의 제자가 되겠다고
몸과 마음을 다 바친 여성들의 '한'이 대한민국 전체를
'성추행의 잔혹극'으로 몰아가고 있는 것인지도 모른다.

　　동물 사냥보다도 더 멋있는 인간 사냥이고, 인간 사
냥보다도 더 멋있는 유명 인사 사냥이며, '아마존 여
전사들의 전성시대'가 '성추행의 잔혹극'으로 활짝 열
린 것이다.

　　유명인사, 즉, 문화적 영웅들은 호색가라는 말이 있
듯이, 유명인사를 찾아간다는 것은 성희롱이나 성추행
을 당할 위험이 있는 것이며, 따라서 단 한 번이라도
성추행이나 성희롱을 당했다면 그 즉시 절연을 하거나
경찰에 신고를 하면 되었을 것이다. 적어도 여성들이
자기 자신들의 출세의 욕망보다도 도덕성에 더 강조점
을 두었다면 제2차, 제3차 성추행이나 성희롱은 일어
나지도 않았을 것이다.

자기 자신의 절대 권력을 이용하여 그의 제자들을 성욕의 노리개로 삼은 유명 인사들의 죄는 그 무엇보다도 크지만, 이제부터는 여성들도 자기 자신의 출세 욕망보다는 도덕적인 예절을 갖추기를 바란다.

사치나 허영, 또는 거짓에 기초한 출세와 영광은 한낱 환영이며, 물거품에 지나지 않는다. 이제는 여성들도 자기 스스로 여성의 미모와 성이 출세의 도구로 악용되는 일이 없도록 몸가짐이나 행동을 바르게 해주기를 바란다.

마지막으로 대학교수의 성추행은 재판절차 없는 사형죄로 다스려도 된다. 무한한 열정과 꿈, 즐거운 학문, 즉, 최고급의 인식의 제전을 가르쳐 주어야 할 학자의 사명과 임무를 잊어버리고, 나이 어린 여제자들을 상습적으로 성추행한 자는 인간도 아닌, 인간 쓰레기에 지나지 않는다.

나는 쓰레기 하나 안 버리고, 어느 누구보다도 기초생활질서를 잘 지킨다, 나는 타인에게 절대로 민폐를 안 끼치고 뇌물을 주거나 받은 일이 없다, 나의 석, 박사 학위의 논문은 너무나도 독창적이며, 절대로 표절한 일이 없다, 나는 언제나, 늘, 나의 이익을 희생시키고 내가 살고 있는 사회와 국가의 이익을 먼저 생각하는 애국자라고 자부할 수가 있다라고 생각한다면, 우리 여성들의 '성추행 고발운동'은 대한민국의 영광을 위한 초석이 될 수도 있을 것이다.

아름다운 꽃에는 수많은 벌과 나비들이 날아와 수많은 씨앗을 뿌리고 간다.
자연에는 성희롱이나 성추행이 없다.
고은, 이윤택, 조민기, 오달수, 오태석 등은 다음 생에는 더욱더 아름다운 꽃으로 태어나 그 향기를 천리, 만리 뿜어주기를 바란다.

나는 우리 여성들에게 이은심 시인의 「미투 너머; 마른 젖퉁이를 쥐어짜다」를 소개해주고, 셰익스피어의 「리처드 2세」의 한 대목을 들려주고자 한다.

폐하, 이 인생이 가진 최대의 보물은 오점없는 명예입니다. 명예와 생명은 하나입니다. 명예를 잃으면 생명도 잃고 맙니다.

류현
시인 예찬

시인은 하느님의 능력을 가진
또 하나의 하느님이다

구약성서 창세기에서 천지창조는
도깨비 방망이가 요술을 부리듯
하느님의 말씀에 따라 쉽게 완성되었다

천지창조가 그렇게 쉬웠다면
태초에 하느님이
수고를 하지 않아도 되었을 것을

한 사람 건너 시인인 세상
그러니 하느님은 쉽게 만날 수 있지
창조물도 쉽게 만나고 볼 수도 있고

태풍이 휘몰아 쳐서 천둥벼락을 치게 하고
눈비를 내리게 하여
나뭇잎들과 꽃이 피고 지게도 하지

소리와 냄새를 만들어 날려 보내고
빛도 만들고 천지만물을 생성하여
삶과 죽음도
자유자재로 할 수 있지 않는가

가히 시인들은
하느님과 같은 능력을 가지고 태어났으니
경이로운 마음에 나도 모르게

성호가 그어진다

만일 시인이 없었다면 어떻게 언어가 탄생했겠으며, 만일 시인이 없었다면 전지전능한 신이 어떻게 탄생했겠는가? 만일 시인이 없었다면 이 세상의 수많은 신화와 종교가 어떻게 탄생했겠으며, 만일 시인이 없었다면 하늘 나라와 극락의 세계가 어떻게 탄생했겠는가?

　만일 시인이 없었다면 오르페우스와 에우리디케가 어떻게 탄생했겠으며, 만일 시인이 없었다면 로미오와 줄리에트가 어떻게 탄생했겠는가? 만일 시인이 없었다면 단군이 어떻게 나라를 건설했겠으며, 만일 시인이 없었다면 우리 한국인들이 어떻게 한국인으로서 살아갈 수가 있었겠는가?

　만일 시인이 없었다면 이 세상의 상처와 고통을 어떻게 치료했겠으며, 만일 시인이 없었다면 어떻게 그때마다 새로운 희망을 창출해낼 수가 있었겠는가? 만일 시인이 없었다면 어떻게 유한한 생명의 한계를 극복할 수가 있었겠으며, 만일 시인이 없었다면 어떻게 하늘의 찌를 듯할 환희에의 기쁨과 그 행복을 연출해 낼 수가 있었겠는가?

시는 한자로 언어의 사원(말씀言+ 절寺)이며, 시인은 이 언어의 사원을 지배하는 주인이다. 언어는 곧 돈이고, 명예이고, 권력이다. 언어의 소유권을 누가 가지고 있느냐에 따라서 이 세계의 주인이 결정된다.

"태풍이 휘몰아 쳐서 천둥벼락을 치게"하는 것도 시인이고, "눈비를 내리게 하여/ 나뭇잎들과 꽃이 피고 지게" 하는 것도 시인이다. "소리와 냄새를 만들어 날려 보내"는 것도 시인이고, "빛도 만들고 천지만물을" 창조해낸 것도 시인이다. "삶과 죽음도/ 자유자재로 할 수" 있는 것도 시인이고, 언제, 어느 때나 아름다운 노래를 부르게 하는 것도 시인이다.

시인은 류현 시인의 말대로 "또 하나의 하느님"이 아니라, 이 세계를 창출해낸 하느님이다.

시인은 전지전능한 하느님이며, 모든 경전들은 시인에 의한 시인들을 위한 찬송가에 지나지 않는다.

야훼, 제우스, 시바, 브라만, 알라, 오시리스, 부처, 예수 등은 우리 시인들의 호위무사들이고, 이 세상에서 전지전능한 존재는 시인밖에는 없다.

안영민

상처傷處

아프니까 상처다.

광대야! 꽃 한번 피워보자.

얼음 얼고 눈 내리는 엄동설한嚴冬雪寒이면 어떠냐?
얼음을 뚫고 피어나는 매화처럼
좀 더 일찍 피어나면 어떠냐?
피어 오래 머무르지 못하면 어떠하며,
벌 나비 없이 혼자 외롭게 피어나면 어떠하냐?
빨갛고 하얗게 색을 섞어
처염하게 피어보자!

상처에서 새 살이 돋아나듯
핏빛으로 피어보자!

순백의 얼굴을 붉은 탈속에 숨기고

피어보자, 광대야!

이, 어릿광대야!

이상한 얼굴과 이상한 웃음을 웃는 사람이 있다. 이상한 옷차림을 하고, 이상한 손짓과 몸짓을 한다. 어딘가는 조금쯤 모자라 보이고, 그의 행동, 하나, 하나는 만인들에게 웃음을 선사해준다. 어릿광대의 연기는 16세기 이탈리아에서 등장했고, 17세기에는 얼굴에 하얗게 분칠을 한 프랑스의 피에로들이 등장했다. 특이한 분장과 옷차림으로 사랑에 울고 웃으며, 사회 역사적 현실을 비판했던 찰리 채플린은 20세기 무성영화의 전성기를 창출해냈던 거장이었다. 영원한 어릿광대인 찰리 채플린의 말대로, "인생은 가까이서 보면 비극이고, 멀리서 보면 희극이다."

안영민 시인의 말대로, 아프니까 상처이고, 상처가 났으니까 그토록 더러운 진흙탕 속에서도 아름답고 화려한 연꽃이 피어난다. "얼음 얼고 눈 내리는 엄동설한嚴冬雪寒"도 상처이고, "얼음을 뚫고 피어나는 매화처

럼/ 좀 더 일찍 피어"나는 것도 상처이다. "벌 나비 없
이 혼자 외롭게 피어"나는 것도 상처이고, "빨갛고 하
얗게 색을 섞어/ 처염하게 피어"나는 것도 상처이다.
꽃은 상처이고, 상처는 꽃이다. 탄생이 죽음의 첫 걸음
이듯이, 산다는 것은 상처를 입는다는 것이고, 상처를
입는다는 것은 좀 더 거룩하고 성스러운 순교자의 길
을 간다는 것이다.

삶의 절정이자 죽음의 입구에서 핀 꽃, 십자가를 짊
어진 꽃, 벌과 나비가 없어도 외롭지만 더욱더 아름답
게 핀 꽃, 벌과 나비가 없어도, 또는 사랑하는 2세를
낳지 못했어도 더욱더 장엄하고 거룩하게 열반에 드
는 꽃—.

아프니까 상처이고, 상처가 났으니까 꽃이 핀다. 꽃
을 피웠으니까 모든 상처가 낫고, 모든 상처가 완치되
었으니까 두 눈 딱 감고 열반에 든다.

안영민 시인의 「상처」는 직유법의 시학이며, 어릿광
대의 시학이다. 직유법은 정직하고, 직유법은 순수하
다. 직유법은 꾸밈이 없고, 직유법은 외롭다. 아름답고
때묻지 않았으니까 외롭고, 외롭고, 또 외로우니까, 그

어릿광대의 노래가 그만큼 더욱더 우리들의 마비된 의식을 일깨우며, 그만큼 순수한 눈물을 흘리게 만든다.

엄동설한에 피어나는 것도 비극이고, 벌 나비 없이 혼자 피는 것도 비극이다. 따뜻한 봄날에 피는 꽃이 비웃고, 수많은 벌과 나비들이 찾아오는 꽃이 비웃는다.

　　순백의 얼굴을 붉은 탈속에 숨기고
　　피어보자, 광대야!
　　이, 어릿광대야!

웃는다, 웃는다, 웃는다.

순백의 얼굴을 그 붉은 탈속에 숨기고, 비극의 주인공의 삶을 살며―.

예수는 이민족의 신이며 단군의 목을 비틀고, 대한민국의 건국기념일인 개천절을 개탄절로 만든 악마였다. 지난 3년간 단군신봉자(민족주의자)인 나와 예수신봉자(기독교 신자)인 아내가 싸웠고, 그 결과, 2018년 3월 3일 아내가 코이카 해외봉사 단원의 교육을 받으러 서울로 떠나갔다. 이제 2개월 동안의 교육이 끝나면, 곧바로 아내의 임지인 아프리카 지역의 에티오피아로 떠나가게 될 것이다.

예수, 즉, 미국(침략자)의 앞잡이인 아내와 울고 웃으며 살아왔던 나 역시도 어릿광대에 지나지 않았다.

그래, 그래. 이 어렵고 힘든 고통을 참고 견디며, 더욱더 아름답고 찬란하게 '사상의 꽃들'을 활짝 피어보자, 이 어릿광대야!!

이순희
흉내

시를 글자로 쓰다가

이 글자
저 글자
맞추다가
지우고
다시 써 넣고
클릭 한번으로 쉽게 지우고
이리저리 조합을 맞추다가
맘에 안 들면 우루루 지우고
수십 번을 반복하는데

그 옛날
마음이 종이가 되어
마음에 시를 새겼던 시인이

네가 시인 흉내를 내는 것이냐?

머리를 탁 치고 지나간다

'시를 왜 쓰는가'라는 질문은 곧바로 '어떻게 살고 있는가'라는 문제와 직결된다고 나는 생각한다. 인생이 예술이라면 삶 자체가 시이기 때문이다. 시를 왜 쓰는가? 시인이란 예술가 중의 예술가이며, 사회적 지위가 인신人神의 경지까지 올라간 사람이라고 할 수가 있다. 첫 번째는 예술가 중의 예술가가 되어서 우리 인간들의 존경과 찬양을 받고 싶었기 때문일 수도 있고, 두 번째는 정신과 육체의 상처를 치료하고 싶었기 때문일 수도 있다. 세 번째는 사악하고 부끄러운 양심을 씻어내고 자기 자신의 정신과 육체를 더욱더 맑고 깨끗하게 하고 싶었기 때문일 수도 있고, 네 번째는 다만 지적인 허영심으로 시인이란 월계관을 쓰고 싶었기 때문일 수도 있다. 시는 정신과 육체가 병든 것을 치료해주고, 시는 사악하고 부끄러운 마음을 씻어주고 새로운 사람으로 탄생하게 해준다. 전자는 의학적 기능이고,

후자는 정화적 기능이다. 이러한 의학적 기능과 정화적 기능을 통해서 자기 자신의 심신을 다스리게 되면, 그 비법이 만인들의 심금을 울리고, 그 모든 사람들의 정신과 육체를 치유하고 그들을 새로운 인간으로 구원해주게 된다. 시인은 의사이고, 구원자이며, 영원한 지상낙원의 창조주이다.

훌륭한 시 한 편은 우주 전체이고, 시인 중의 시인인 최고의 시인 앞에서는 모두가 다같이 존경과 경의를 표하지 않으면 안 된다. 인간은 유한하지만 시인은 영원불멸의 삶을 산다. 시를 쓴다는 것은 '오점 없는 영광의 삶'을 산다는 것이며, 이 '오점 없는 영광의 삶'이 모든 사람들을 시인으로 만드는 것이다.

하지만, 그러나 자기 자신의 실력으로는 도저히 안 되거나, 눈앞의 사소한 욕망 앞에서 자기 자신의 천재성을 마비시키는 사람들은 다만, 시인이란 월계관을 쓰고 있는 가짜 시인이다. 그의 시에는 삶의 체험과 이 세계 전체를 볼 수 있는 종합적인 시야가 있을 수가 없다. 단어 하나, 토씨 하나에도 그의 혼이 들어있지 않으며, 이 가짜 시인들이 시를 다만, 지적 허영심의 도구로 만들고, 우리 인간들을 타락하게 만든다. 개인의 이익은 좋은 것이고, 눈앞의 이익은 더욱더 좋은 것이고, 전체의 이익은 더욱더 나쁜 것이다. 이 가짜의 삶, 이 가짜의 시가 주류를 이루면 삼천리 금수강산이 쓰레기 천국이 되고, 부정부패가 마치 건국의 이념처럼 만연하게 된다.

이순희 시인의 「흉내」는 시인의 삶을 살지 못하고 있는 자기 자신에 대한 반성과 성찰이 "머리를 탁 치고 지나간다"라는 깨달음의 경지까지 올라간 수작秀作이라고 할 수가 있다. 시는 글자로 쓰는 것도 아니고, 시는 이 글자, 저 글자의 조합으로 쓰는 것도 아니다. 시인의 삶과 시인의 혼이 담겨 있지 않은 글자는 다만 텅 빈 껍데기일 뿐, 시의 언어가 아니다.

시는 삶이다. 삶은 날이면 날마다 생사의 벼랑길을 오고가는 줄타기이며, 이 줄타기의 곡예는 붉디 붉은 피를 흘릴 때만이 시의 예술성이 완성된다. 언어는 생명이고, 피이고, 단 한 번 뿐인 인생의 외줄타기이다. 이 언어를 글자놀이, 또는 언어놀이로 생각하는 사람은 영원한 어릿광대이며, 그는 그의 숨소리까지도 가짜로 내고 있는 것이다.

이 사기꾼, 이 어릿광대의 삶은 가짜의 삶이다.

오오, 이순희 시인이여, 마음이 종이가 된 시, 그 붉디 붉은 피로 쓴 시인의 삶을 살아가기를 바랄뿐이다.

나는 늘 생산적이고도 창조적인 하루를 보냈던가? 나는 백전백승의 전사이며, 언제, 어느 때나 위기를 사랑하는 낙천주의 사상가이다.

반경환 그대여, 정진하고 또 정진하라!

유계자

느티나무 그 여자

느티나무 그 여자 허름한 트럭에 실려 반쯤 허물어진
까치집을 품고 아스팔트를 지나 골목길로 들어섰다 난
생처음 세상 밖으로 이파리를 출렁거리며 달려온 것이
다 단 몇 시간 만에 몇 푼의 돈으로 결정된 기구한 운
명, 지닌 것이라곤 기둥 몇 개 남은 까치집이 전부였다
발이 묶여 순순히 따라오긴 했어도 자꾸 불안한지 그렁
그렁한 잎사귀를 떨군다 네 개의 바퀴가 주춤주춤 붉은
색 대문 앞에 멈춰 서자 때마침 덩치 큰 포크레인은 평
생 뼈를 묻어야 한다며 느티나무를 번쩍 구덩이 속으로
밀쳐 넣는다 너무도 순식간의 일이어서 까치집 기둥 하
나가 풀썩 발밑으로 널브러졌다 사람들은 기다렸다는
듯 이리저리 밑둥까지 들춰보고는 다들 한 마디씩, 푸
른 대문집 미끄덩한 소나무는 너무 뻔질나서 영 못 쓰
게 되었고 저 아랫동네 꼬패집은 당최 단감이 열리지
않아 잘라버렸다고 철철 말을 쏟아 붓는다

느티나무 그 여자의 지주

사방에서 버팀목이 되어 주고 가지고르기를 한다면

잎겨드랑이에 수꽃 암꽃 필 때까지만 참아준다면

땅 밑을 흐르는 샘물 콸콸 퍼 올리고 싶다는

소외의 고독으로 지쳐 있는 그 누구에게

천년이 지나도 마르지 않을

이마 짚으며 그늘이 되어 줄

느티나무 그 여자의 속내까지

아직 알아챈 사람은 없었다

느티나무는 느릅나무과에 속하는 활엽교목이며, 우리나라의 모든 지역에서 흔히 찾아볼 수가 있다. 느티나무의 키는 30m까지 자라고, 그 둘레는 10m나 되는 거목이며, 우리나라에서 1,000년 이상 된 60여 그루의 나무들 중 25그루가 느티나무라고 한다. 느티나무는 마을을 지켜주는 당산나무이며, 또한, 마을사람들에게 영원한 쉼터를 마련해주는 정자나무이다. 느티나무의 줄기는 백절불굴의 의지를 나타내고, 부채살처럼 둥그렇게 퍼진 가지는 조화를 뜻하고, 그 아름다운 자태는 도덕적인 예의를 뜻한다. 느티나무는 마을을 지켜주는 수호신이며, 이 느티나무의 은총에 따라서 수많은 문화적 영웅들이 태어났다고 해도 지나친 말이 아니다.

유계자 시인의 「느티나무 그 여자」는 태초에 신성한 영물인 까치집을 품고, 그 기상 그대로 울창하게 자라

났지만, 어쩌다가 그 기구한 운명 때문에 난생 처음 세상 밖으로 팔려나와 붉은 대문집으로 강제 이주를 당한 것이다. 그것이 도시지역의 재개발 때문인지, 아니면 돈 많은 어느 부자가 대저택의 정자나무로 심고 싶었기 때문인지 모르지만, 아무튼 "단 몇 시간 만에 몇 푼의 돈으로 결정된 기구한 운명"의 주인공이 될 수밖에 없었던 것이다. 일찍이 곧게 솟은 나무는 목수에게 베이고, 달디 단 샘물은 먼저 마르기 마련이다라고 장자 선생이 말한 바가 있었다. 거목, 즉, 수목신화의 그 기상이 경제적인 흥정의 대상이 된 것이고, 이제 「느티나무 그 여자」는 돈 많은 부자를 위하여 "잎겨드랑이에 수꽃 암꽃 필 때까지" 참지 않으면 안 되고, 또한, 「느티나무 그 여자」는 "땅 밑을 흐르는 샘물 콸콸 퍼"올려, 천년이 지나도 마르지 않을 그 부자의 덕목과 그 위대함을 찬양하지 않으면 안 된다.

마을의 수호신이 개인의 수호신으로 전락하게 된 것이고, 개인의 수호신이 마을의 수호신으로 둔갑을 하게 된 것이다. 자본주의 사회는 인간이 죽고 개인이 탄생한 사회이고, 이 개인이 인간을 말살하고 공동체 사회를 붕괴시킨 악마로 등극한 사회라고 할 수가 있다.

느티나무가 살던 마을과 그 마을 사람들도 죽었고, 느티나무에게 둥지를 틀었던 까치와 새들과 수많은 벌레들도 죽었으며, 그리고, 날이면 날마다 느티나무와 한없이 부드럽고 달콤한 대화를 나누었던 하늘과 바람과 별들과 구름들도 다 죽었다. 대부분의 강제 이주는 그 뿌리뽑힌 존재론적 충격 때문에 죽음만도 못한 삶에 지나지 않으며, 어쩌다가 그 뿌리를 내리더라도 소위 떠돌이-나그네의 삶을 살다가 비참하게 죽고 만다. 푸른 대문집 소나무도 죽었고, 아래동네 꼬패집의 단감나무도 죽었고, 까치집의 기둥들도 다 흩어지고 말았다. 소위 한 마을의 수호신으로서 무한한 성장과 번영을 약속해주기보다는 뿌리뽑힌 자의 삶, 즉 떠돌이-나그네의 삶이 예정되어 있는 것이다.

나는 유계자 시인의 「느티나무 그 여자」의 운명에서, '하와이로, 아오지 탄광으로, 남양군도로, 멕시코로, 사할린으로, 중앙아시아로, 이민족의 노예로 팔려나간 우리 한국인들의 운명을 생각해 본다. 자본에 종속된 노예, 주인에게 종속된 노예, 이익을 낳고 이익을 낳는 기계이면서도 그 소유권을 다 빼앗기고 그 주인의 덕목과 위대함만을 찬양해야 하는 것이 우리 한국인들의 운명이었던 것이다. 유계자 시인의 「느티나무 그 여자」, 즉, 그 거목의 운명이 부자의 노예로 바뀐 비극이야말로 모든 노예들의 삶의 진면목이라고 할 수가 있다.

나는 일찍이 니체의 『비극의 탄생』의 한 대목을 이렇게 바꾸어보고, 우리 한국 정신의 창출을 역설해본 적이 있었다.

나무를 치명적으로 손상시키지 않고서도 타국의 신화라는 나무를 성공적으로 이식移植해 낸다는 것은 불가능하다. 그 나무는 아마도 한때, 외국적 요소를 무시무시한 싸움에 의하여 떨구어버릴 정도의 힘과 건강을 가지고 있었을 것이다. 그러나 이식된 나무는 대개 쇠약해 지고 위축되거나 순간적으로 무성하기도 하다가 이내 죽어버리고 만다. 우리는 한국 본질의 강력하고 순수한 핵심을 높이 평가하여 우리가 바로 그것에 의하여 강력하게 뿌리내린 서구적 요소의 제거 작업을 해낼 수 있기를 기대하며 한국 정신이 자각적으로 자기 자신에게 복귀하는 것이 가능하다고 간주하게 되는 것이다. 아마도 한국 정신이 서구적인 것을 배제함으로써 그 투쟁을 시작해야 한다고 많은 사람들은 생각할 것이다.

그러나 내적인 필연성은, 이 길에 있어서의 선구적인 숭고한 투사들, 예컨대 광개토대왕 및 우리의 위대한 예술가와 시인들, 이들에게 동등하고자 하는 경쟁심 속에서 찾아져야 한다. 그러나 한국 정신은 그런 투쟁을 자기의 수호신 없이, 자기의 신화적 고향 없이, 모든 한국적인 사물의 '부흥' 없이 해낼 수 있다고는 믿지 않을 것이다. 그러므로 한국인이 고향에 돌아갈 길을 몰라 두려워하며, 자기를 오래 전에 잃어버린 고향으로 되돌려 보내 줄 인도자를 찾기 위하여 두리번거린다면, 그는 단지 낙천주의의 독수리가 환희에 차서 유혹적으로 부르는 소리에 귀기울이기만 하면 된다. 그 낙천주의의 독수리는 그의 머리 위에서 선회하면서 그에게 가는 길을 가르쳐 주고자 할 것이다.

이순희
저물어 가는 거

아이들의 웃음소리도 떠난
단풍 다 진 숲이
혼자서 저물어 가네

지금 이렇게 조용한 것은
무엇을 귀 기울여 보라는 것인가
잊어버린 내 숨소리에
가만히 손 얹어 보라는 것인가

저물어가는 시간 앞에선
차마
여린 숨소리조차도 멈추어 지네

저 희미해지는 능선이
점점

까맣게 물들어 경건히 건너는

이 늦가을 저녁의
찰나

산다는 것은 죽는다는 것이고, 죽는다는 것은 새롭게 태어난다는 것이다. 산다는 것은 얻는다는 것이고, 얻는다는 것은 돈과 명예와 권력을 얻는다는 것이다. 죽는다는 것은 버린다는 것이고, 버린다는 것은 돈과 명예와 권력은 물론, 자기 자신의 목숨까지도 버린다는 것이다. 산다는 것은 빚을 얻는 것이고, 죽는다는 것은 그 빚을 갚는 것이다.

　이순희 시인의 '저물어 가는 시간'은 "아이들의 웃음소리도 떠난/ 단풍 다 진 숲"의 시간이며, 또한, "무엇을 귀 기울여" 조용히 들어보는 시간이다. "잊어버린 내 숨소리에/ 가만히 손 얹어" 보는 시간이며, 타인들에게 좋은 일을 했거나 나쁜 일을 했거나 그 모든 일들을 다 되돌아 보고 반성을 하는 시간이다. 저물어 간다는 것은 삶을 완성할 때가 되었다는 것을 뜻하고, 삶을 완성할 때가 되었다는 것은 그 모든 채무를 다 상환함으로써 서산의 붉디 붉은 노을처럼 피어 오를 때가 되었다는 것이다.

"자연이 인류를 낳았고, 인류는 자연에 순응하는 소규모 현상에 지나지 않는다. 자연이 아니면 내가 존재할 수가 없고, 내가 아니면 자연의 섭리를 체득할 수 없으니, 나와 자연은 그렇게 가까운 것이다." "도에는 천도와 인도가 있다. 무위인 채로 존재하는 것은 천도天道이며, 인위적이며 번거로운 것은 인도人道이다." 장자의 철학은 자연철학이며, 자연철학은 무위, 즉, 천도에 따르는 순리의 삶을 지시하고 있다고 할 수가 있다.

돈도 빚이고, 명예도 빚이고, 권력도 빚이다. 꿈도 한낱 물거품에 불과하고, 사랑도 한낱 물거품에 불과하다. 명예도 한낱 신기루에 불과하고, 목숨도 한낱 먼지와 때에 불과하다. 부자로서 죽는다는 것은 빚을 갚지 않고 죽겠다는 것이고, 오래 산다는 것도 빚을 갚지 않겠다고 생떼를 쓰는 것이다. 빈손으로 왔다가 빈손으로 돌아간다는 것―, 이 천도를 거역한다는 것은 자연에 대한 만행이며, 이 세상의 삶을 지옥으로 만드는 너무나도 뻔뻔스럽고 파렴치한 어릿광대의 짓에 지나지 않는다.

이순희 시인의 '저물어 가는 시간' 앞에서는 "차마/여린 숨소리조차도 멈추어"지고, 그 모든 것이 경건해진다. 까맣게 물들어 가는 산의 능선도 경건해지고, 이 늦가을 저녁의 찰나도 경건해진다. 이처럼 건강에 이로운 숲을 거닐며, 모든 욕심을 버리고 저물어 가는 것의 아름다움을 바라보는 것, 바로 이것이 진정한 시인의 길이기도 한 것이다. 낙엽이 하나, 둘 떨어지는 것도 시이고, 낙락장송이 하나, 둘 쓰러지는 것도 시이고, 천하의 영웅들이 한 움큼의 먼지와 때로 돌아가는 것도 시이다. 낙엽이 하나, 둘 떨어지고, 낙락장송이 하나, 둘 쓰러지고, 천하의 영웅들이 한 움큼의 먼지와 때로 돌아가면, 우리는 모두가 다같이 이 세상의 채무를 다 갚고 삶의 무거운 짐에서 해방되는 것이다.

버리고, 또 버리면 천하를 얻고 자연으로 돌아가지만, 쌓고, 또 쌓으면 천하로부터 버림을 받고, 그 채무의 무게에 짓눌려 비명횡사를 하게 된다.

천하를 얻은 자는 명시의 주인공이 되고, 천하로부터 버림을 받은 자는 졸시의 주인공이 된다.

저물어 간다는 것은 붉디 붉게 활활 타오른다는 것이고, 붉디 붉게 활활 타오른다는 것은 자기 자신의 행복을 완성한다는 것이다.

죽음은 삶의 완성이자 또다른 행복의 시작이다.

모든 것이 가고, 모든 것이 되돌아 온다.

오현정
비트코인의 입술

새벽 꿈결에 안아 본 당신, 낮 동안 누구를 만나 어떻게 변할지

더 이상 베팅할 수 없으면 검은 가방에 넣어둔 푸른 지갑을
지갑 속 종이돈을 가상화폐로 바꾸세요

당신이 先物이면 내 膳物은 진짜 선물

서로가 물 먹였다 울먹이지 말고 마약왕 파블로 에스코바르처럼
시가를 물고 검색대를 유유히 통과하세요

실연의 아픔이 뭐냐고 청춘은 물을 거예요

제도권으로 들어가는 사토시 나카모트의 예지대로

중매쟁이 없이도 당신에게 윙크하는 연인들로 넘칠 거예요

아포가토 한 잔 나눠 마시지 않고 온라인으로 황금 아기를 낳고

오래오래 비둘기를 품고 미소 짓는 거래가 한창 무르익어 가요

금화와 은화가 반짝이자 쌀과 도자기가 뒷전으로 밀려났듯이

당신이 내려 받은 소프트웨어가 이제 당신의 유일한 자산

캐면 캘수록 몸값이 치솟는 이유는 검게 뒹굴어본 호기심만이

채굴권을 암호로 살 수 있기 때문이에요

비트페이는 이름도 모른 채 주고받은 설렘의 모든 책임을

당신에게 묻는 규약이자 절차

흠결 잡히지 않게 유의사항을 잘 숙지하시면
여의도에서 니혼바시, 월스트리트 어디에 있든
지구상 그 어느 지점보다 당신은 내내 상승세를 그리
는 챠트쟁이가 될 거예요

비트코인이란 무엇인가? 비트코인이란 블록체인 기술을 기반으로 하는 암호화폐이며, 암호화폐란 암호를 사용하여 발행하거나 거래하는 가상화폐를 말한다. 비트코인, 즉, 암호화폐는 사토시 나카모트라는 익명의 인간이 2009년 개발하여 배포했으며, 이 암호화폐는 거래내역을 중앙서버에 저장하는 일반 금융과는 달리, 블록체인 기술을 바탕으로 사용자 모두의 컴퓨터에 그 거래 내역을 저장하게 된다. 암호화폐는 일반화폐와는 달리 중앙은행(발행주체)이 없고, 각자가 암호를 풀어내는 방식으로 무한정의 비트코인을 채굴할 수가 있다. 암호화폐는 민간업자가 발행하고 통제하는 대신 정부의 규제가 없는 화폐이며, 가상의 환경에서만 사용되는 전자화폐를 말한다. 이 암호화폐로는 석유와 원자재를 사고 팔 수도 있으며, 음식값을 지불하거나 영화도 감상할 수가 있고, 앞으로는 현재의 신용

카드처럼 사용할 수도 있을 것이라고 한다. 따라서 앞으로는 암호화폐(전자화폐)가 종이화폐, 즉, 유로화와 달러화와 엔화와 원화 등을 누르고, 그 어떤 국가나 중앙은행의 통제도 없이 모든 상거래의 결제수단으로 사용될 수도 있을 것이다. 암호화폐는 현재 700개 이상이 존재하고, 이 암호화폐의 잠재적인 가능성 때문에, 이 암호화폐를 사고 파는 투기의 수단으로 악용되기도 한다. 비트코인, 즉, 암호화폐는 '종이화폐에서 전자화폐로의 통화의 혁명'이며, 모든 국가의 통화체계와 세계적인 기축통화체계를 무너뜨리고, 자유무역의 신호탄이 될지도 모른다.

나는 전문금융인도 아니고, 더, 더군다나 암호화폐에 대해서는 전혀 아는 바가 없지만, 만일, 비트코인이 주요결제수단으로 모든 상거래를 장악하게 되면 바로 그곳에서 경제적 무질서가 생겨나고, 모든 산업이 마비될 지도 모른다는 불길한 예감을 지울 수가 없다. 악화가 양화를 몰아내듯이, 암호화폐의 순기능이 무너지고, 그 얼굴도, 정체도 모르는 투기자본에 의하여, 전세계의 부가 다 빨려 들어가게 되고, 바로 거기에서 제3차 세계대전이 일어나게 될지도 모른다. 어떤 사람의 출신성분과 취미와 성격 등을 알면 우리는 그 사람을 두려워하지 않게 되지만, 그 사람의 출신성분과 취미와 성격 등을 전혀 알 수가 없다면 우리는 그 사람을 두려워하고 경계를 하게 된다. 알 수 없는 것은 두려운 것이고, 익명의 인간은 괴물이며, 유령이라고 해도 틀린 말이 아니다. 요컨대 암호화폐의 익명성과 그것이 유통─소비되는 과정을 전혀 알 수가 없다는 점에서, 바야흐로 전세계는 불안과 공포에 떨고 있는 것인지도 모른다. 비트코인은 무한한 가능성이고 두려움이며, 비트코인은 또한 자유무역의 대명사이자 무서운 혼돈의 상징이라고 하지 않을 수가 없다.

　오현정 시인의 「비트코인의 입술」은 무서운 입술이며, 전혀 마음에 내키지 않지만, 어쩔 수 없이 그 입술에 키스를 해야만 하는 '난처함의 노래'라고 할 수가 있다. 비트코인은 지하에 숨어 있는 자이고, 그 정체를 알 수가 없기 때문에 천변만화하는 얼굴을 지녔다. 새벽 꿈결에 일확천금을 사랑하는 마음으로 당신의 품에 안겨 보았지만, "낮 동안 누구를 만나 어떻게 변할지" 불안하고, "당신이 先物이면 내 膳物은 진짜 선물"이라는 불합리한 키스(약속) 때문에 더욱더 불안하다.

이 '先物'은 현재 현찰을 받고 미래에 이익을 창출해낼 수 있는 재화(비트코인)를 주겠다는 것을 뜻하고, 또한, '膳物'은 지금 현찰로 그 비트코인을 샀다는 것을 뜻한다. 지금 현재 비트코인을 판 당신은 이익을 보지만, 앞으로 비트코인 값이 올라가지 않으면 나는 손해를 보게 된다. "실연의 아픔이 뭐냐고 청춘"이 물으면, "서로가 물 먹였다고 울먹이지 말고 마약왕 파블로 에스코바르처럼/ 시가를 물고 검색대를 유유히 통과하세요"라는 시구는 이 암호화폐를 사고 파는 상행위가 이미 서로가 그 도박성을 잘 알고 있는 만큼, 그 어떠한 원망도 하지 말라는 것을 뜻한다. 비트코인은 지갑 속의 종이돈을 가상의 화폐로 바꾸어 베팅한 만큼 도박이며, 이 도박은 일확천금이라는 황금률에 맞닿아 있는 만큼 그 중독성이 크다고 할 수가 있다. 우리는 모두가 다같이 마약왕을 꿈꾸고, 이 마약왕의 꿈이 있는 한, 자기 자신도 모르게 비트코인의 중독자가 된다. 오현정 시인의 「비트코인의 입술」은 마약의 입술이자 도박의 입술이고, 최후의 만찬과도 같은 죽음의 입술이라고 할 수가 있다.

　비트코인은 실패도 모르고, 비트코인은 실연도 모른

다. 비트코인은 도박을 좋아하고, 비트코인은 마약을 좋아한다. 비트코인은 사토시 나카모트의 예지대로 중매장이 없이도 만인들의 연인이 되어가고, "아포가토 한 잔 나눠 마시지 않고도 온라인으로 황금아기를" 낳는다. "금화와 은화가 반짝이자 쌀과 도자기가 뒷전으로 밀려났듯이" 당신이 암호를 풀고 채굴해낸 비트코인은 앞으로도 캐면 캘수록 천정부지로 그 몸값이 치솟아 오르게 될 것이다. 이름도 묻지 말고, 출신성분도 묻지 말자. 피부색도 묻지 말고, 종교도 묻지 말자. 책임과 약속도 묻지 말고, 온갖 법률과 규제 따위는 무시하고, 오직 당신의 자유와 선택에 의하여, 당신의 미래는 당신이 개척해나가지 않으면 안 된다. 당신의 미래는 당신의 자유와 선택에 달려 있고, 당신의 미래는 이 비트코인이 약속해줄 것이다. 자, 모든 미래는 순간의 선택에 달려 있다. 당신이 살고 있는 곳이, 여의도이든, 니혼바시이든, 또는 월스트리트이든지 간에, 지금, 당장 그 모든 것을 다 걸고 투자하지 않으면 안 된다.

어차피 인생은 크게 베팅하는 것이고, 크게 베팅할수록 천하를 다 차지하게 된다. 소인배는 간이 작아 쪽박을 차게 되지만, 천자는 간이 커서 한 나라와 이웃국가와 그 모든 제국들을 다 꿀꺽 삼킨다.

인생은 어차피 도박판이고, 크게 걸면 크게 딴다. 이 비트코인, 이 암호화폐의 정체를 안다는 것은 매우 어렵고도 힘들지만, 이 암호화폐의 정체를 알아차린 오현정 시인은 이처럼 '난처함의 노래'를 부른다. 이 난처함의 노래는 그 주조가 비꼼과 야유로 되어 있지만, 다른 한편, 그 비꼼과 야유 속에는 일확천금의 도박판에 가담하고 싶다는 욕망이 매우 진하게 배어 있다고 하지 않을 수가 없다.

권혁재
흐엉 2

어머니,

칠년 만에 친정집에 갑니다

한국말이 어려워

한국 사람이 무서워

몇 번의 눈물로 닦은 고향 하늘

오늘은 어쩐지

몸이 붕붕 떠올라

소지燒紙처럼 고향 하늘로 날아갑니다

멀리 코코넛나무 밑

물소 떼들이 무논을 건너갑니다

집이 가까워졌는지

바나나잎 마른냄새도 납니다

어머니가 단 한 번도 하지 않았던

친정 다녀오라는 말씀

칠년 만에 유골로 돌아갑니다

타지 않은 뼈가 있는지
명치끝이 아직도 답답합니다
어머니,

만일, 인간이 덕을 갖추지 못했다면 인간은 동물 중에서 가장 잔인하고 추악한 동물이 되었을 것이다. 모든 잔혹극은 타인에 대한 애정은커녕, 그 사람의 인격과 인권을 인정하지 않는 데에서 발생하며, 오직 지나친 선민의식으로 타인의 노동력과 재산과 생명마저도 아무런 양심의 가책도 없이 약탈하고 착취하며 **빼앗는** 데 있다고 해도 과언이 아니다.

　권혁재 시인의 「흐엉 2」는 '한국의 꿈'을 생각하며, 한국의 남성과 결혼한 흐엉의 피에 맺힌 한의 노래라고 할 수가 있다. "한국말이 어려워/ 한국 사람이 무서워/ 몇 번의 눈물로 닦은 고향 하늘"로 이제는 "칠 년 만에 유골로 돌아가게" 된 것이다. 동남아의 이주민 여성과 결혼한 한국 남자는 대부분이 나이가 많고, 불우한 환경과 나태와 알콜중독에서 헤어나오지를 못하는 경우가 많다. 매우 어렵고 가난한 삶에서 벗어나

'한국의 꿈'을 꾸며 날아온 젊은 여성과 나이가 많고 무능하기까지 한 남자와의 결혼은 그야말로 불행의 전주곡에 지나지 않으며, 또한, 시어머니와 이주민인 며느리 사이의 간극은 하늘과 땅 차이보다도 더 컸을는지도 모른다.

낯설고 물설고 말도 통하지 않는 한국생활—. 하지만, 그러나 시어머니는 지난 칠년 동안 단 한 번도 친정에 다녀오라는 말씀도 하지 않았고, 그것이 이주민 며느리인 흐엉에게는 천추의 한이 되었을 것이다. 흐엉은 왜, 그 젊은 나이게 죽게 되었던 것일까? 병이 들었던 것일까? 그것도 아니라면 자살이었던 것일까? 아무튼 흐엉은 너무나도 젊은 나이에 이 세상을 마감하게 되었고, 이 땅의 인문주의자인 권혁재 시인은 그 흐엉의 귀향을 너무나도 안타깝고 슬프게 노래한다. "어머니/ 칠년 만에 친정집에 갑니다/ 한국말이 어려워/ 한국 사람이 무서워/ 몇 번의 눈물로 닦은 고향 하늘/ 오늘은 어쩐지/ 몸이 붕붕 떠올라/ 소지燒紙처럼 고향 하늘로 날아갑니다/ 멀리 코코넛나무 밑/ 물소 떼들이 무논을 건너갑니다/ 집이 가까워졌는지/ 바나나잎 마른냄새도 납니다/ 어머니가 단 한 번도 하지 않았던/ 친정 다녀오라는 말씀/ 칠년 만에 유골로 돌아갑니다/ 타지 않은 뼈가 있는지/ 명치끝이 아직도 답답합니다/ 어머니."

"사랑은 사람의 편안한 집이요, 정의는 사람의 올바른 길이다"라는 말도 있고, "편안한 집에서 살지 않고, 올바른 길을 가지 않으니 슬프다"라는 말도 있다(맹자). 칠년 만에 유골로 고향 하늘로 날아간 흐엉, 멀리 코코넛 나무 밑 물소떼들이 무논을 건너가는 고향 마을로 날아간 흐엉, 부모형제와 친구들이 살고 있는 고향 마을로 날아간 흐엉, 지난 칠년 동안 단 한 번도 친정에 다녀오라고 말씀하지 않았던 시어머니의 태도가 너무나도 서러워 명치끝이 답답한 마음으로 돌아가고 있는 흐엉―. 사랑이 없으면 정의도 없고, 정의가 없으면 사랑도 없다. 사랑과 정의가 없으면 무서운 잔혹극이 펼쳐지고, 이 무서운 잔혹극 끝에는 너무나도 서럽고 분한 통곡의 눈물이 쏟아지게 된다.

대한민국에서 동남아 여성의 이주민의 역사는 무서운 잔혹극의 역사이며, 피에 맺힌 한의 역사라고 하지 않을 수가 없다.

권혁재 시인은 오늘도 사랑의 집을 짓고, 너무나도

외롭고 고독하지만, 단 한 걸음도 생략할 수 없는 정의로운 길을 간다.

그의 삶은 시이고, 그의 시는 그의 삶이다.

사랑의 '미투'를 하면 우리 모두가 행복할 것이고, 분노의 '미투'를 하면 여성 자체가 몰락할 것이다. 천년, 이천년의 거목을 베어버리기는 쉬워도, 그 거목을 기른다는 것은 불가능에 가깝다.

오오, '미투운동'에 나선 여성들이여! 이제는 그 분노를 멈추고 남녀가 공존할 수 있는 대안을 제시해주기를 바란다.

'미투운동'이 대한민국의 정체성과 함께, 이 세계에서 가장 맑고 깨끗한 도덕국가가 될 수 있도록 승화시켜주기를 바란다.

최연홍

날아가는 숲

새들을 보고 있으면
숲이 날아간다
대나무 숲이
폭풍 앞에서
날아간다
참나무 숲이 날아간다
키 큰 대나무들이 휘어졌다
다시 원상으로 돌아가는
반동으로
숲 전체가 날아간다
날아가는 숲 속에서
사람들도
새처럼 날아간다
파리의 하늘을 날고 있는 샤갈의 연인들처럼
나도 날아간다.

이 나무에서 저 나무로

저 숲에서 이 숲으로

아, 날아가는 숲 속에 반란군이 숨어있구나

혁명을 꿈꾸는 반란군들의 총구가 보이기 시작한다.

모든 새들은 땅과 하늘을 자유롭게 날아다니며, 그 어떤 중력의 법칙에도 구속되지를 않고, 모든 경계들을 초월해 있다. 국가와 국가의 경계도 초월해 있고, 하늘과 하늘의 경계도 초월해 있다. 논두렁과 밭두렁의 경계도 초월해 있고, 철조망과 철조망의 경계도 초월해 있다. 새들은 자유이고, 새들은 혁명가이며, 이 새들의 날갯짓에 의하여 날이면 날마다 새로운 세상이 열린다.

　이에 반하여, 우리 인간들은 두 발로 걷는 동물이며, 너무나도 지나치게 중력의 법칙에 구속되어 있다. 이 중력의 법칙에 구속되어 있기 때문에, 겨우 손바닥 만한 땅을 두고, '네것과 내것의 경계'를 만들고, 이 경계를 토대로 하여 이 세상의 삶을 살아간다. 두 발로 걷는 동물, 중력의 법칙에 구속되어 있는 동물, 즉, 자유롭게 하늘을 날아다닐 수 없는 우리 인간들의 콤플렉스는 '비상 콤플렉스'이며, 따라서, '난다', '날아다닌다', '머나먼 하늘을 자유롭게 날아다닌다'라는 말보다도 더 아름답고 멋진 말도 없게 되어 있는 것이다.

제우스의 독수리와 헬레우스의 태양마차에도 우리 인간들의 비상의 꿈이 담겨 있고, 부처의 극락과 예수의 천국에도 우리 인간들의 비상의 꿈이 담겨 있다. 노자와 장자의 무위자연에도 우리 인간들의 비상의 꿈이 담겨 있고, 플라톤의 이데아와 마르크스의 공산주의에도 우리 인간들의 비상의 꿈이 담겨 있다. '나는 이 작은 아테네를 세계제일의 국가로 만들겠다'라던 데미스토클레스의 꿈도 그렇고, '내 꿈은 천하통일'이라던 알렉산더대왕의 꿈도 그렇다. 알프스를 넘어갔던 한니발의 꿈도 그렇고, 하늘의 문을 열었던 단군의 꿈도 그렇다. 꿈 중의 꿈은 비상의 꿈이며, 모든 꿈에는 날개가 달려 있다.

최연홍 시인의 「날아가는 숲」의 꿈도 비상의 꿈이며, 이 비상의 꿈에는 날개가 달려 있다. 새들을 보고 있으면 숲이 날아가고, 새들을 보고 있으면 새로운 세상이 열린다. 폭풍 앞에서 대나무 숲이 날아가고, 폭풍 앞에서 참나무 숲이 날아가고, 다시 키 큰 대나무 숲이 휘어졌다가 그 반동으로 숲 전체가 날아간다. 날아가는 숲속에서 사람들도 새처럼 날아가고, 날아가는 숲속에서 샤갈의 연인들처럼 나도 날아간다.

날개는 태풍이고, 혁명이며, 천지창조의 원동력이다. 이 나무에서 저 나무로 날아가고, 저 숲에서 이 숲으로 날아 온다. 새들은 자유이고, 자유는 반란군이고, 반란군은 혁명군이다. 모든 것이 가능하고, 불가능은 없다.

꿈은 날개이고, 꿈은 자유이며, 꿈은 모든 새로운 세상의 기원이다.

'난다', '날아다닌다', '머나먼 하늘을 자유롭게 날아다닌다.'

최연홍 시인의 「날아가는 숲」은 우주왕복선보다도 더 빠르고, 빛보다도 더 빠른 '사물인터넷 세상'을 창출해내고 있다고 해도 과언이 아니다.

오오, 날아가는 숲이여!

오오, 날아가는 숲이여!

최연홍
오타

영어로 글을 쓰다보면
사랑한다love는 살아있다live로
자주 오타가 나온다
오라, 살아있다는 말은 사랑한다는 말이구나
사랑한다는 뜻은 살아있다는 뜻이구나
나이 먹어 무디어진 손가락이 만든 오타typo가
하늘의 축복인 것을 깨닫는다

📖

　어떤 심마니가 길을 잃고 넘어진 곳이 산삼밭이었고, 어떤 탐험가가 배를 잃고 급류에 떠내려가다가 닿은 곳이 황금밭(금광)이었다. 어떤 어부는 고기를 잡다가 보물선을 발견하였고, 어떤 나뭇꾼은 어느 날 갑자기 선녀를 그의 아내로 삼을 수가 있었다. 행운은 이처럼 뜻밖에 찾아올 수도 있지만, 그러나 이 행운 자체가 그의 행복을 보장해주는 것은 아니다. 왜냐하면 견리사의見利思義, 즉, 이익을 보고 의를 생각하지 않으면 이명박처럼 사필귀정事必歸正의 쇠고랑을 차고 형무소로 가게 되어 있기 때문이다.

　눈앞의 이익을 보면 전체의 이익을 생각하고, 뜻밖의 행운을 만나면 이 행운을 모두에게 나누어 주고 싶은 사람은, 정말이지, 시인으로서의 삶을 살고 있는 사람이라고 할 수가 있다. 사랑은 나눔이며, 나눔은 사랑의 실천이다. 부자로서 산다는 것은 죄를 짓는 것이며,

부자로서 죽는다는 것은 더욱더 큰 죄를 짓는 것이다.

시는, 최연홍 시인의 「오타」처럼, 우리들의 생활 속에 있지만, 대부분의 시인들은 그것을 머나먼 하늘에서 찾는다. 사랑한다를 살아 있다로 만든 오타의 기적, 아니, 살아 있다를 사랑한다로 만든 오타의 기적은 늘, 배우고, 익히며, 그 깨달음을 얻어가는 과정 속에 있는 것이다. 배움은 즐거움의 시학이 되고, 이 즐거움의 시학은 법열의 기쁨이 된다.

그렇다. 공자의 말씀대로, 시에는 사악한 생각이 하나도 없다.

살아 있다는 것은 오타(오류)이고, 이 오타(오류)는 사랑의 힘이 된다. 인생은 정답이 없고, 정답이 없기 때문에, 이러한 오타가 뜻밖의 하늘의 축복이 된다.

사랑한다는 것은 살아 있다는 것이고, 살아 있다는 것은 사랑한다는 것이다.

단군 이래 최대의 사기꾼인 이명박을 사형시키지 않는다면 그 누구를 사형시킨단 말인가? 이명박은 우리 한국인들의 수치이자 전인류의 치욕이다.

그토록 오랫동안, 그토록 뻔뻔스럽고 파렴치한 거짓

말을 한 사람은 교회장로 이명박 뿐이 아니더냐?

계엄령을 선포해서라도 이명박을 대포로 쏴 죽여야
한다.

김종삼
묵화墨畵

물먹는 소 목덜미에
할머니 손이 얹혀졌다.
이 하루도
함께 지났다고,
서로 발잔등이 부었다고,
서로 적막하다고,

행복에 뜻을 두고 있는 사람으로서 일의 기쁨을 모르고, 남루한 옷과 신세 한탄만을 하는 자는 김종삼 시인의 「묵화」를 읽을 자격이 없다.

「묵화」는 해 저문 시간이며, 할머니와 소가 일심동체가 된 시간이다. "이 하루도/ 함께 지났다고/ 서로 발잔등이 부었다고/ 서로 적막하다고" 서로가 서로의 수고를 위로해주며, 이 일의 기쁨으로 묵화를 그리며, 그 황홀함의 행복을 산다.

물아일체物我一體.

「묵화墨畵」는 예술지상주의자 김종삼 시인이 피워낸 또다른 자연의 걸작품이라고 하지 않을 수가 없다.

김종삼
어부

바닷가에 매어둔
작은 고깃배
날마다 출렁거린다
풍랑에 뒤집힐 때도 있다
회사한 날을 기다리고 있다
머얼리 노를 저어 나가서
헤밍웨이의 바다와 노인이 되어서
중얼거리려고

살아온 기적이 살아갈 기적이 된다고
사노라면
많은 기쁨이 있다고

『무기여 잘 있거라』, 『누구를 위하여 좋은 울리나』의 저자인 헤밍웨이는 그의 마지막 작품인 『바다와 노인』으로 1953년 퓰리처상과 1954년 노벨문학상을 수상하게 되었다. 『바다와 노인』은 매우 간결하고 짧은 대화와 독백으로 이루어진 소품(중편소설)이기는 하지만, 그러나 한 노인의 의지와 그 희망을 가장 극적으로 표현한 걸작품이라고 할 수가 있다. 거기에는 소설가로서의 헤밍웨이의 냉정하고 객관적인 사실주의 기법이 각인되어 있으며, 그의 삶에 대한 긍정과 그 원숙함이 푸르디 푸른 하늘과 바다와 함께 펼쳐져 있는 것이다. 84일째 고기를 잡지 못하고 있다가 85일째 머나먼 바다에서 마침내 크나큰 청새치를 거는데 성공한 산티아고, 그러나 그 청새치가 너무 커서 그가 탄 돛단배가 이틀 동안이나 끌려다니다가 삼일째 가까스로 청새치를 작살로 찔러 잡은 산티아고, 그러나 이번에는 피냄새를 맡은 상어떼들이 몰려와 그가 항구에 도착했을 때는 청새치의 머리와 뼈만 앙상하게 남았지만, 또다시 희망을 잃지 않고 그의 제자인 마놀린과 함께 고기잡이를 나갈 것을 약속하는 산티아고—. 산티아고는 진정한 바다의 어부이며, 이 '어부라는 이름'을 떠나서, 바다와 함께 살고 바다와 함께 죽기 위해 태어났던 백절불굴의 사나이라고 할 수가 있다. 나는 바다와 함께 살고 바다와 함께 죽는다는 것은 그의 인생관이 되고, "난 지금껏 너보다 크고, 너보다 아름답고, 또 너보다 침착하고 고결한 놈은 보지 못했구나. 자, 그럼 이리와서 나를 죽여 보려므나. 누가 누구를 죽이든 그게 무슨 상관이란 말이냐"라는 독백은 그의 세계관이 된다. 노인에게 큰 물고기는 그의 희망이 되고, 그 큰 물고기와의 싸움은 생사를 떠난 삶의 기쁨이 된다. 희망이 있다는 것은 싸울 수 있다는 것이고, 싸울 수 있다는 것은 승리의 찬가를 부를 수가 있다는 것이다. 희망은 싸움을 좋아하고, 싸움은 만물의 아버지가 된다.

산티아고, 혹은 마놀린, 혹은 김종삼 시인은 이글이글 타오르는 태양과 푸르디 푸른 바닷가에서 다같이 손에 손을 맞잡고 노래를 부른다.

바닷가에 매어둔

작은 고깃배

날마다 출렁거린다

풍랑에 뒤집힐 때도 있다

회사한 날을 기다리고 있다

머얼리 노를 저어 나가서

헤밍웨이의 바다와 노인이 되어서

중얼거리려고

살아온 기적이 살아갈 기적이 된다고

사노라면

많은 기쁨이 있다고

　전인류의 재앙이었던 판도라의 상자 속에도 희망이
들어 있었고, 히로시마와 나가사키를 초토화시켰던 원
자폭탄 속에도 희망이 들어 있었다. 희망이 있는 곳에
서는 절망이 살 수가 없는 데, 왜냐하면 '투쟁은 만물의
아버지'라는 천하장사가 희망이기 때문이다.

　김종삼 시인의 「어부」는 고통을 긍정하고, 고통을 사
랑한다. 고통이 울면 고통을 어루만져주고, 고통이 배

가 고프면 고통에게 밥상을 차려준다. 고통과 함께 웃고, 고통과 함께 사는 기쁨이 김종삼 시인의 「어부」에는 각인되어 있는 것이다. 먹고 사는 기쁨도 있고, 돈을 버는 기쁨도 있다. 일 자체의 기쁨도 있고, 사랑의 기쁨도 있다. 물 먹는 기쁨도 있고, 사지가 축 늘어지는 기쁨도 있다. 승리의 기쁨도 있고, 크나큰 청새치를 놓치고 새로운 용기를 갖는 기쁨도 있다.

희망은 노인이 되고, 희망은 소년이 되고, 희망은 시인이 된다. 희망은 전지전능한 시인이고, 모든 기적의 아버지이며, 천하제일의 삶의 찬양자이다.

살아온 기적이 살아갈 기적이 된다고

사노라면

많은 기쁨이 있다고

이글이글 타오르는 태양과 푸르디 푸른 바다는 원초적인 어부의 삶의 무대이자 그 터전이라고 하지 않을 수가 없다. 두 눈에 불을 켜고, 그 억센 두 팔과 그 가슴을 활짝 펴고, 그 거대한 파도와 청새치와 싸우며, 그 싸움의 순간을 사는 것이다.

희망은 싸움을 좋아하고, 희망은 노인마저도 영원히 젊게 만든다.

시는 삶의 기쁨이고, 시는 낙천주의를 양식화시킨 것이다.

김종삼 시인의 「어부」는 이 세상의 삶의 찬가이자 낙천주의 걸작품이라고 하지 않을 수가 없다.

장석남　김상용

노천명　백　석

임현준　장옥관

이성복　김수영

이희은　김명인

유홍준　최도선

장석남
새떼들에게로의 망명

1
찌르라기떼가 왔다
쌀 씻어 안치는 소리처럼 우는
검은 새떼들

찌르라기떼가 몰고 온 봄 하늘은
햇빛 속인데도 저물었다

저문 하늘을 업고 제 울음 속을 떠도는
찌르라기떼 속에
환한 봉분이 하나 보인다

2
누군가 찌르라기 울음 속에 누워 있단 말인가
봄 햇빛 너무 빽빽해

오래 생각할 수 없지만

오랜 세월이 지난 후

나는 저 새떼들이 나를 메고 어디론가 가리라,

저 햇빛 속인데도 캄캄한 세월 넘어서 자기 울음 가
파른 어느 기슭엔가로

데리고 가리라는 것을 안다

찌르라기떼 가고 마음엔 늘

누군가 쌀을 안친다

아무도 없는데

아궁이 앞이 환하다

장석남의 시인의 찌르라기(찌르레기)떼는 저승사자이며, 삶의 해방자이고, 영원한 구원자라고 할 수가 있다. 찌르라기는 쌀 씻어 안치는 소리처럼 울고, 이 찌르라기떼가 몰고 온 봄 하늘은 햇빛 속에서도 이미 저물었다. 찌르라기떼의 검은 색과 저문 봄날은 저승의 세계를 뜻하고, 이 저승의 세계를 따라가 보면 "저문 하늘을 업고 제 울음 속을 떠도는/ 찌르라기떼 속에/ 환한 봉분이 하나 보인다."

　　끊임없는 수치와 학대와 굴욕뿐인 삶, 그 모든 어렵고 힘든 일들을 다 감당해내면서도 '고효율─저비용'이라는 자본주의 사회의 구조 속에서 일회용 소모품처럼 살아가야만 하는 삶─. 따라서 이 찌르라기떼들은 사회적 하층민들을 구원하고, 그들을 저승의 세계(천당)로 인도해가기 위해서 나타난 것인지도 모른다. "봄 햇빛 너무 빽빽해/ 오래 생각할 수 없지만"이라는 시구는 아직은 살아갈 날이 더 많다는 것을 뜻하고, "오랜 세월이 지난 후" "저 새떼들이 나를 메고 어디론가 가 리라"라는 시구는 나도 때가 되면 저 찌르라기떼들이 구원해준다는 것을 뜻한다. "누군가 찌르라기 울음 속 에 누워"있고, "오랜 세월이 지난 후" 나 역시도 저 새 떼들이 나를 메고 어디론가 떠나갈 것이다.

찌르라기는 천사(저승사자)이자 삶의 해방자이고, 영원한 구원자라고 할 수가 있다. 찌르라기는 삶의 숨 구멍이며, 삶의 출구이고, 우리 인간들의 망명을 허용 해주는 구원자이다. 찌르라기 때문에 쌀을 씻어 안치 고, 찌르라기 때문에 불을 붙이고, 찌르라기 때문에 아 무도 없는데, 아궁이 앞이 환해진다.

민주주의 사회는 말들이 타락한 사회이며, '주권재 민主權在民'을 '만인평등'으로 오해하고 있는 정신병자들 이 살고 있는 사회라고 할 수가 있다. 만인평등, 즉, 민 주주의는 '소수지배원칙'을 정면으로 거스르는 이념이 며, 만일, 소수가 아닌 다수가 지배하는 사회가 온다면 그 엄청난 무질서 속에서 헤어나올 수가 없게 될 것이 다. 모든 서열관계가 파괴되고, 공공의 질서와 사회적 동물이라는 사실도 이해하지 못하는 어중이 떠중이들이 때문에, 오히려, 거꾸로 알렉산더나 나폴레옹같은 황제들이 나타나게 될는지도 모른다. 파시즘의 체제와 민주주의 체제는 동전의 양면과도 같으며, 그 둘은 서로가 다른 듯하면서도 서로가 똑같다.

근면과 성실이 다람쥐 쳇바퀴 돌리는 일이 되고, 그토록 고귀하고 소중한 자유는 그 자유 밖으로는 달아날 수 없는 철조망이 된다. 가정에서의 자유, 회사에서의 자유, 군대에서의 자유, 병원에서의 자유, 감옥에서의 자유는 결코 그 영역 밖을 허용하지 않으며, 모든 자유는 구속이라는 말과도 똑같은 억압의 힘으로 작용하게 된다. 근면과 성실이 맹목이 되고, 자유가 구속이 되는 민주주의 사회는 사회 자체가 거대한 감옥이며, 이 감옥을 탈출하지 않고는 그 어떤 행복도 있을 수가 없다.

새떼들에게로의 망명이라니? 장석남 시인 역시도 이 세상을 거대한 감옥으로 생각하고, 이처럼 이 세상 밖으로 탈출을 꿈꾸었던 것일까? 망명하기 위해 쌀을 씻고 망명하기 위해 밥을 먹는 삶—, 비록, 빠삐용처럼 처절하지는 않지만, 장석남 시인의 「새떼들에게로의 망명」이라는 시를 읽으면 저절로 눈시울이 붉어진다.

새떼들에게로의 망명―. 이 말은 절대군주와 우리 목사들이 가장 싫어하는 말이 될 것이다. 절대군주와 우리 목사들은 '자살'마저도 인정하지를 않으며, '죽음'이라는 말조차도 꺼내기를 싫어한다. 왜냐하면 자살자나 사망자는 그들의 권력의 한계를 뜻하고, 바로 이 지점에서 그들의 권력의 절대성이 무너지고 있기 때문이다.

새떼들에게로의 망명―. 참으로 아름답고 탁월한 최고급의 인식의 혁명이며, 그만큼 아름답고 멋진 신세계로의 탈출이 아닐 수가 없다.

틈과 숨구멍, 또는 비밀의 문이나 비상구가 없는 곳은 없으며, 문제는 당신의 마비된 의식과 새로운 곳과 낯선 곳을 두려워하는 당신의 심리적 고착 상태일 것이다.

김상용

남으로 창을 내겠소

남으로 창을 내겠소
밭이 한참갈이
괭이로 파고
호미론 풀을 매지요

구름이 꼬인다 갈 리 있소
새 노래는 공으로 들으랴오
강냉이가 익걸랑
함께 와 자셔도 좋소

왜 사냐건
웃지요.

김상용 시인의 「남으로 창을 내겠소」는 전원시의 백미이자 자연철학의 걸작품이라고 할 수가 있다. 산수가 좋으면 어진 사람이 살고, 산수가 나쁘면 포악한 사람이 산다. 자연을 벗 삼아 모든 욕심을 버리면 어린아이처럼 되고, 이 어린아이는 이 세상에서 가장 고귀하고 훌륭한 사람이 된다. 어른이 어린아이가 되고, 어린아이는 황제가 된다. 산과 강은 그의 정원이 되고, 논과 밭은 그의 황금평야가 된다. 새들은 그의 합창단이 되고, 다람쥐와 노루와 멧돼지와 소 등은 그의 호위무사가 된다. 이 세상에서 가장 행복한 사람은 자기 자신의 신전과 정원과 호위무사를 거느린 황제이며, 그는 그의 절대권력으로 자기 자신만의 행복을 연주하게 된다.

"남으로 창을 내겠소"는 대관식의 선언문이며, 그만큼 도발적이고, 하늘을 찌를듯한 환희에의 기쁨에 가득차 있는 목소리라고 할 수가 있다. "밭이 한참갈이/ 괭이로 파고/ 호미론 풀을" 맨다는 기쁨도 있고, 새 노래는 공짜로 듣는다는 기쁨도 있다. "강냉이가 익걸랑/ 함께 와 자셔도 좋소"라는 기쁨도 있고, 왜 사냐고 물으면 웃는다는 기쁨도 있다. 돈과 명예와 권력은 뜬구름과도 같은 것이고, 이제는 두 번 다시 '뜬구름 속의 불행'을 되풀이 할 필요가 없는 것이다.

인간은 그 어디에다가 집을 지어야 하는가? 그것은 두말할 것도 없이 자기 자신이 황제가 되고, 전인류의 스승이 될 수 있는 곳이지 않으면 안 된다. 산 좋고, 물 좋고, 대자연과 하나가 된다. 「남으로 창을 내겠소」는 그의 행복론이며, 이 행복론의 상징이 '웃음꽃'이라고 할 수가 있다.

"왜 사냐건/ 웃지요."

다산 정약용과 갈릴레이 갈릴레오는 최악의 생존조건인 그들의 유배지에서도 가장 행복했던 사람들이라고 할 수가 있다. 글을 쓰고 학문연구를 한다는 것은 혼자 있을 때가 최적의 조건이라고 할 수가 있으며, 따라서 그들은 외롭고 고독할 시간조차도 없었던 것이다. 이명 소리마저도 무서울 정도로 짜릿한 전율감을 안겨주며, 또한, 그 무서운 집중력으로 글쓰기의 생산성을 자랑할 수가 있었던 것이다. 슬픔도 모르고, 외로움도 모르며, 불행도 모른다. 오직 명품생산의 위대함의 시간을 살며, 전인류의 스승으로서 그 황금왕관을 쓰게 되는 것이다.

모든 것이 단순해지고, 모든 것이 간결해진다. 언어도 절제되고, 시간도 절제된다. 돈도 필요가 없고, 그 어떤 잔소리와 싸울 일도 없어진다. 혼자라는 것은 자기 자신이 하고 싶은 일만을 하는 것이고, 자기 자신이 하고 싶은 일만을 한다는 것은 행복의 전제조건이기도 한 것이다.

밭을 갈고 씨를 뿌린다. 시를 쓰고 산책을 한다.

"남으로 창을 내겠소."

"왜 사냐건 웃지요."

나는 나의 행복의 연주자이고, 나는 첩첩산골에서도, 무인도에서도 행복하다.

노천명
사슴

모가지가 길어서 슬픈 짐승이여
언제나 점잖은 편 말이 없구나
관이 향그러운 너는
무척 높은 족속이었나 보다

물 속에 제 그림자를 들여다보고
잃었던 전설을 생각해 내고는
어찌할 수 없는 향수에
슬픈 모가지를 하고 먼 데 산을 쳐다본다

천재는 시와 인간을 분리시켜 시를 모국어의 영광으로 삼고, 평범한 인간은 반신반의하며 제 정신을 차리지 못하고, 평범 이하의 삼류 시인들은 인간의 잣대로 천재의 시를 짓밟아 버린다. 하지만, 그러나 인간의 행동이 죄를 지은 것이지, 그의 뛰어난 시가 죄를 지은 것이 아니다. '산소'의 발견자인 라부아지에가 사형을 당했다고 해서 그의 업적을 지울 수는 없는 것이고, '만유인력법칙'의 명명자인 뉴턴이 조세국장으로서 수많은 사람들을 사형장의 이슬로 사라져가게 했다고 해서 그의 업적을 지울 수는 없는 것이다. 에드가 알렌 포우도 범죄자였고, 프랑스와 비용도 범죄자였다. 보들레르도 범죄자였고, 베를렌느도 범죄자였다. 도스트예프스키도 범죄자였고, 랭보도 범죄자였다. 따지고 보면 천재와 범죄자는 동일한 인물의 두 얼굴이었고, 범죄는 지극히도 인간적인 행위의 하나에 지나지 않는다. 인간에게는 천사적인 면과 악마적인 면이 있다. 인간이 사랑스러운 것은 그가 불완전한 인간이기 때문이지, 완전한 인간이기 때문이 아니다. 범죄의 아름다움과 범죄의 끔찍함도 있는 것이며, 범죄의 아름다움과 범죄의 끔찍함이 없다면 모든 예술과 모든 삶은 종식될 수밖에 없는 것이다. 너무나도 안타까운 범죄의 희생자들을 위로하고 치료하는 것과 함께, 무한한 관용과 용서의 정신이 필요한 것이다.

천재 시인의 작품과 그의 정치적, 사회적 행위는 분리시킬 필요가 있다. 시는 시의 작품으로만 평가를 하면 되는 것이고, 그의 정치적, 사회적 행위는 그것대로 평가하면 되는 것이다. '죄는 미워해도 인간은 미워하지 말라'는 말이 있다. 아무튼 우리 시인들의 친일행위이나 반민족적인 사대주의는 더없이 추악하고 파렴치한 범죄행위이기는 하지만, 그들의 업적을 무차별적으로 지우며, 야만적인 여론재판을 하는 것은 너무나도 반예술적이며, 반이성적인 행위에 지나지 않는다. 분노와 흥분이 상품이 되는 수도 있지만, 그러나 그것은 예술의 봄볕 속의 잔설과도 같은 효과밖에는 없을 것이다.

나는 지금 노천명 시인의「사슴」을 읽어보고, 너무나도 감동한 나머지 이런 말을 한다. "모가지가 길어서 슬픈 짐승이여/ 언제나 점잖은 편 말이 없구나/ 관이 향그러운 너는/ 무척 높은 족속이었나 보다." 사슴은 초식동물이고, 비공격적이며, 먹이사슬의 최저단계에 속하는 동물이다. 나라를 빼앗기고, 모국어를 빼앗기고, 전통과 역사를 잃어버린 시인의 운명은 호랑이 앞의 먹잇감에 지나지 않았고, 그의 악명 높은 친일 행위와 북조선 찬양의 좌익활동은 마땅히 단죄되어야 하지만, 그러나 그것은 노천명 시인의 개인의 문제가 아니었던 것이다. 노천명 시인의 운명은 사슴의 운명이며, 그는 그 외롭고 높은, 아름답고 고귀한 관을 지킬 능력이 없었던 것이다. 시인의 왕관을 쓰고 태어난 자로서, 일본 제국주의의 찬양자로서, 북조선 찬양의 남로당원으로서, 끝끝내 '재생불량성 빈혈'이라는 희귀병의 환자로서 46세에 비명횡사할 수밖에 없었던 노천명, 이 노천명 시인의 슬픈 인생—그의 기회주의적인 삶은 일본군 장교 출신인 박정희와도 똑같이 닮았다—은 우리 한국어와 우리 한국인들의 역사와도 너무나도 정확하게 그 궤를 같이 한다.

남부여대, 유리걸식—. 남양군도로, 사할린으로, 중앙아시아로, 하와이로, 멕시코로, 만주벌판으로, 인도차이나 반도로, 이민족의 노예와 총알받이와 정액받이로 살 수밖에 없었던 우리 한국인들의 운명이 노천명 시인의 운명이고, 사슴의 운명이었던 것이다. 크나큰 상처는 오랜 후유증을 남기지만, 그러나 이제는 아픈 만큼 성숙했고, 최고급의 인식의 제전을 벌일 수 있을 만큼 역사 철학적인 지식을 축적하게 되었다.

　　　물 속에 제 그림자를 들여다보고

　　　잃었던 전설을 생각해 내고는

　　　어찌할 수 없는 향수에

　　　슬픈 모가지를 하고 먼 데 산을 쳐다본다

　우리 인간들의 위대함의 기원에는 두 가지가 있다. 하나는 기억 능력이고, 다른 하나는 망각 능력이다. 망각 능력이 상실되면 그는 과거에 집착하게 되고, 그는 궁극적으로 심리적 고착과 퇴행에 사로잡힌 정신병자가 될 수밖에 없다. 하루바삐 잃어버렸던 전설, 즉, 우리 한국인들의 역사와 전통을 되찾고, '무척이나 높은 족속', 즉, '시인의 관'과 '한국인의 관'을 되찾아 오지 않으면 안 된다. 더 이상 모가지 길어서 슬픈 사슴이 되어서는 안 되고, 이 '사슴의 관'을 쓰고 그토록 처량하고 쓸쓸하게 비명횡사해간 노천명 시인의 한과 그 영혼을 위로해주지 않으면 안 된다.

천년, 이천년의 거목을 베어버리기는 쉽지만, 그러나 그 거목들을 길러낸다는 것은 도저히 가능하지가 않다.

시인은 약하지만, 시는 영원하다.

우리 한국어와 우리 한국인들의 영광을 위하여 전진하고, 또 전진하지 않으면 안 된다.

백석

흰 밤

옛 성의 돌담에 달이 올랐다

묵은 초가지붕에 박이

또 하나 달같이 하이얗게 빛난다

언젠가 마을에서 수절과부 하나가 목을 매어 죽은 밤

도 이러한 밤이었다

시 속에 그림이 있고, 그림 속에 시가 있다. 옛 성의 돌담에 떠오른 달과 묵은 초가지붕에 또하나의 달같이 하얗게 빛나는 박―. 이처럼 어스름하고 환한 달밤은 수절과부가 그리움과 외로움에 사무쳐 목을 매달아 죽을 수도 있었을 것이다.

백석 시인은 이미지스트이자 탐미주의자이다. 이미지스트는 언어를 사물화하고, 탐미주의자는 언어와 사물을 가장 아름답고 화려하게 결합시킨다.

옛 성의 돌담에는 묵은 초가집이 화답하고, 밤 하늘의 달에는 초가지붕의 하얀 박이 화답한다. 옛 성과 묵은 초가집은 이제는 역사의 뒤안길을 뜻하고, 밤 하늘의 달과 초가지붕의 박은 아무런 효용가치도 없는 사물을 뜻한다. 역사의 시곗바늘은 멈추어 섰고, 옛 성과 초가집과 밤 하늘의 달과 초가지붕의 박도 그 주연배우들을 잃었으며, 다만, "언젠가 마을에서" 목을 매달아 죽은 수절과부의 흔적만이 남아 있을 뿐이었다.

백석 시인의 「흰 밤」의 주요 무대는 폐허이다. 저절로 눈물이 핑 돌 만큼 아름다운 폐허이고, 수절과부처럼, 이 세상의 삶을 너무나도 처절하고 의연하게 마감하고 싶어지기도 한다.

이미지스트로서의 백석, 탐미주의자로서의 백석을 생각해보다가 나는 문득 말놀이를 하고 싶어진다. 언어와 사물이 연애를 한다. 언어가 사물을 사랑한다고 하면, 사물도 언어를 사랑한다고 말한다. 언어와 사물이 서로가 서로를 헐뜯고 싸움을 한다. 언어가 사물의 외도를 질투하면, 사물도 언어의 외도를 질투한다. 언어와 사물이 다같이 동일한 사물과 동일한 언어와 바람을 피웠기 때문이다.

언어와 사물이 "이제 우리 사이는 다 끝났어"라고 서로가 서로를 돌아보지도 않은 채 결별을 선언한다. 언어가 사물의 모습을 정반대로 표현했다면, 사물 역시도 언어의 모습을 정반대로 표현했기 때문이다. 언어는 사물의 영혼이고, 사물은 언어의 육체이다. 하지만, 그러나 언어와 사물, 또는 영혼과 육체는 일심동체이기보다는 불완전한 존재일 때가 더 많은데, 왜냐하면 영혼과 육체가 분리된 이후, 서로가 서로의 짝을 찾지 못하고 있기 때문이다.

언어는 사물을 그리워하고, 사물은 언어를 그리워한다. 시가 그림이 되고, 그림이 시가 된다. 이미지스트는 은유와 상징의 기법에 능하고, 은유와 상징의 기법에 능한 시인의 시는 그만큼 울림이 크고, 역사 철학적인 깊이를 갖게 된다.

언어와 사물의 연애, 언어와 사물의 질투, 언어와 사물의 말다툼, 언어와 사물의 대사기극과 치정, 언어와 사물의 대혈투와 전쟁―. 우리 인간들은 따지고 보면 언어와 사물의 영원한 노예에 지나지 않는다.

언어와 사물은 우리 인간들의 영원한 주인이며, 우리 인간들의 운명은 언어와 사물의 명령에 달려 있다고 해도 과언이 아니다.

언어가 있고, 사물이 있고, 그 다음에 인간이 있다.

임현준
guilty pleasure

다리가 올라간다
가슴이 내려온다
오르막과 내리막
한 계단에 서 있다

느닷없이 허리춤 내린 벚나무
허연 정액을 묻히고 있다

쓸데없는 꽃
이별했을 때 가장 슬픈 것은
본 적 없는 남자의 알몸을 상상했을 때,
나의 흰꽃에선 락스향이 난다

한바탕 표백하고 싶은 치욕들
비참하게 쏟아진 정액을 사랑한다

변기통의 소용돌이처럼

오는 길과 가던 길이
꽃잎에 부서진다 산산이
폐품같은 봄
눈 감으면 태양의 속살이 보인다.

'guilty pleasure'는 이 세상에서 공개적으로 말할 수는 없지만, 도박, 불륜, 음주가무, 공상, 명품선호, 폭식 등의 '은밀한 즐거움'을 선호하는 것을 말한다. 범죄의 즐거움과 범죄의 생산성이 있듯이, '은밀한 즐거움'은 우리 인간들의 억제할 수 없는 삶의 본능을 말한다. 거짓말하는 것과 사기치는 것도 막을 수가 없고, 도둑질하는 것과 표절하는 것도 막을 수가 없다. 도박을 하는 것과 불륜을 저지르는 것도 막을 수가 없고, 음주가무와 명품선호도 막을 수가 없다.

선과 악이 하나이듯이, 선한 행동과 범죄도 하나이다. 이 선과 악, 이 선한 행동과 범죄가 균형을 이룰 때 그 사회는 건강한 사회이며, 이 균형이 깨진 사회는 그야말로 비정상적인 미친 사회라고 할 수가 있다. 만일, 범죄가 없어진다면 경찰, 검찰, 판사, 변호사, 공무원, 군인들이 모두 일자리를 잃어버릴 지도 모르며,

만일, 범죄자들만이 우글거린다면 '만인 대 만인의 투쟁'이 일어나고, 그 사회는 무차별적인 암흑과 혼돈 속으로 빠져 들어가게 될 것이다. 문제는 선과 악의 균형이며, 악을 누르고 선을 향해 가려는 도덕에의 의지라고 할 수가 있다.

임현준 시인의 「guilty pleasure」는 '관능의 찬가'이며, 그 '은밀한 즐거움'이라고 할 수가 있다. 이때에 은밀하다는 것은 타인들이 모른다는 것이며, 그것이 즐거움이 된다는 것을 '나만의 즐거움'이라는 것을 뜻한다. 다리가 올라가고, 가슴이 내려오며, 오르막과 내리막이 한 계단에 서 있다. 은밀한 남녀의 불륜은 벚꽃이 만발한 '벚꽃의 향연' 속에서 이루어지고, 벚꽃터널은 거대한 성기가 되고, 이 터널의 오고 감은 성교의 절정을 이룬다. 벚나무는 느닷없이 허리춤을 내리고, 허연 정액을 묻힌다.

시적 화자는 거대한 성기같은 벚꽃터널과 벚나무의 성교, 즉, 그 수정과정을 지켜보며, 자기 자신의 치욕스러운 사랑을 생각해본다. 쓸데없는 꽃은 치욕스러운 꽃인데, 왜냐하면 그 꽃은 헛꽃에 지나지 않았기 때문이다. 헛꽃은 시간과 정열의 낭비인데, 왜냐하면 그의 인생 전체가 헛수고에 지나지 않았기 때문이다. 하지만, 그러나 사랑하는 사람과 그토록 더럽고 추하게 헤어졌으면서도 단 한 번도 "본 적 없는 남자의 알몸을 상상했을 때/ 나의 흰꽃에서는 락스향"이 났다는 것이다. 쓸데없는 것의 락스향, 이때의 락스향은 이중적인 의미를 띠고 있다. 첫 번째는 더러운 불륜의 흔적을 말끔히 씻어버리고 싶다는 것이고, 두 번째는 새로운 남자를 만나 더욱더 뜨거운 사랑을 나누고 싶다는 것이다. "한바탕 표백하고 싶은 치욕"은 첫 번째에 맞닿아 있고, "비참하게 쏟아진 정액을 사랑한다"는 두 번째에 맞닿아 있다.

꽃이 식물의 성기이듯이, 벚꽃터널은 가장 아름답고 가장 거대한 성기이다. 남녀노소할 것 없이, 의식적으로나 무의식적으로 벚꽃터널 속을 오고 감은 너무나도 순수하고 거룩한 성행위가 되고, 이 성행위, 즉, 이 성교의 절정을 입 밖으로 말한다는 것은 더럽고, 추하고, 불순한 음담이 되어버린다.

「guilty pleasure」, 즉, 이 '은밀한 즐거움'은 그러나 사랑의 대상이 없는 시적 화자에게는 너무나도 공허하고 쓸쓸한 허탈감만을 안겨다가 줄 것이다.

매년, 해마다 아름다운 벚꽃은 만발하지만, 혼기가
지난 노총각과 노처녀에게는 봄이 찾아오지를 않는다.

오는 길과 가던 길이
꽃잎에 부서진다 산산이
폐품같은 봄
눈감으면 태양의 속살이 보인다.

아아, 어떻게 '폐품같은 봄'이 '은밀한 즐거움'이 될
수 있을까?

장옥관
펜

마르지 않는 펜을 꿈꿨다
애액이 늘 충분한 펜, 누르면 진물이 묻어나는 펜,
그런 몸을 꿈꿨다 보습을 닮은 펜
불두덩에 파랗게 보리 순이 돋아나는,

보습이 아니어도 손가락 끝
깊은 수원지에서 새어나오는 갑골의 문자들
새벽마다 또 하루의 펜 쥐고
나도
모르는 나를 불러낸다

한가운데 갈라진 곳
늘 촉촉해 마르지 않는 샘 꽃가루가 방전放電되고, 벌
나비가 날아드는 언덕에
무성생식의 꽃은 피고,

내 몸에 새겨지는 나

하루하루 태어나는 내가 모를 나

장옥관 시인의 펜은 "마르지 않는 펜"이고, 늘 애액이 충분한 펜, "누르면 진물이 묻어나는" 그런 펜이다. 펜은 성기가 되고, 이 성기는 쟁기(보습)가 된다. 쟁기로 불두덩이란 문전옥답을 갈면, 어느덧 푸르디 푸른 보리순이 돋아난다. "보습이 아니어도 손가락 끝"이라는 시구는 시인의 펜이 언어의 밭을 가는 도구라는 것을 뜻하고, "깊은 수원지에서 새어나오는 갑골의 문자들"이라는 시구는 잉크는 수원지를, 펜은 갑골의 문자를 새기고 있다는 것을 뜻한다.

　　시인이 시를 쓴다는 것은 "새벽마다 또 하루의 펜 쥐고/ 나도/ 모르는 나를 불러"내는 일이며, 그것은 거북의 껍질이나 짐승의 뼈에다가 문자를 새기는 것처럼 어렵고도 힘든 일이기도 한 것이다. 펜은 성기처럼 "한가운데 갈라진 곳", "늘 촉촉해 마르지 않는 샘"이 있어야 하고, 펜은 "꽃가루가 방전放電되고, 벌 나비가 날아드는 언덕에" "무성생식의 꽃"을 피우지 않으면 안된다. 무성생식이란 생식세포의 결합없이 한 개체가 단독으로 자손을 만드는 것을 말하고, 이 무성생식에는 분열법, 출아법, 포자생식, 영양생식 등이 있으며, 세균, 아메바, 짚신벌레 등이 그 대표적인 생물들이라고 할 수가 있다.

펜은 성기이고, 쟁기이며, 무성생식의 꽃이다. 암수가 따로 있는 것도 아니고, 암수가 한몸인 자웅동체도 아니다. 시인은 어렵고, 힘들고, 그 어느 누구도 하지 않으려는 일만을 하지 않으면 안 된다. 스승도 없고, 동료도 없고, 부모형제도 없다. 무성생식의 꽃은 외롭고, 고독하고, 벌과 나비도 찾아오지 않는다. 무성생식의 꽃은 질투도 모르고, 불륜도 모른다. 자기 자신이 아버지가 되고 인류의 조상이 되는 사명감 때문에, 오직, 자기가 자기 자신을 사랑하는 열정만으로도 모든 산들을 뽑고 이 세상을 덮을 만한 것이다.

시인은 내일의 나이며, 미완의 대기이며, 늘, 언제나 되어감의 존재이다. 시인의 몸 전체가 거대한 펜이자 성기이고, 천세불변의 갑골문자판이다. "내 몸에 새겨지는 나/ 하루하루 태어나는 내가 모를 나"는 시인이

자기 자신의 몸에다가 붉디 붉은 피로 시를 쓰고 있다는 것을 뜻한다.

장옥관 시인의 「펜」은 '무성생식의 꽃'이자 인간의 성적 욕망을 '펜'으로 승화시킨 시라고 할 수가 있다. 꽃 중의 꽃인 펜의 꽃, 꽃 중의 꽃인 무성생식의 꽃―.

이 세계는 신이 창조한 것이 아니라 이처럼 펜이 창조한 것이다.

펜은 혁명가이고, 오직 중단없는 전진만을 사랑하는 영원한 혁명가이다.

이성복

남해 금산

한 여자 돌 속에 묻혀 있었네
그 여자 사랑에 나도 돌 속에 들어갔네
어느 여름 비 많이 오고
그 여자 울면서 돌 속에서 떠나갔네
떠나가는 그 여자 해와 달이 끌어 주었네
남해 금산 푸른 하늘가에 나 혼자 있네
남해 금산 푸른 바닷물 속에 나 혼자 잠기네

인간은 자기 자신만을 사랑하고 이것은 좀처럼 변하지를 않는다. '내가 있고 세계가 존재한다'에서 '세계가 있고 내가 존재한다'까지의 거리는 영원히 좁혀질 수 없는 거리라고 할 수가 있다.

　　때때로 사랑은 자기 자신의 마음과 육체까지도 허락하고, 이 '사랑의 힘'으로 영원히 함께 살 것을 맹세한다.

　　하지만, 그러나 남녀는 서로가 서로를 잘못 알고 있다. 여자도 그녀의 이상만을 사랑한 것이지, 그 남자를 사랑한 것이 아니다. 남자도 그의 이상만을 사랑한 것이지, 그 여자를 사랑한 것이 아니다.

　　이상과 현실의 간극이 이성복 시인의 「남해 금산」의 비극이며, 「남해 금산」의 '이별의 드라마'는 이미 예정되어 있었던 것이다. "한 여자 돌 속에 묻혀" 있었다는 것은 그 여자의 순수하고 때묻지 않은 사랑이 '남해 금산'처럼 우뚝 솟아 있었다는 것을 뜻하고, "그 여자 사랑에 나도 돌 속에 들어"갔었다는 것은 그 여자의 순수하고 때묻지 않은 사랑에 내가 끌려 들어갔다는 것을 뜻한다. 실제로 남해 금산의 기암괴석은 아름답고 장엄하며, 남해 금산은 '한려해상국립공원의 절경'에 속한다고 하지 않을 수가 없다.

하지만, 그러나 "어느 여름 비 많이 오고/ 그 여자 울면서 돌 속에서 떠나"갔다는 것은 나로 인한 그 여자의 실망감이 극에 달했다는 것을 뜻한다. 천둥과 벼락이 치고, 산이 무너지고, 수많은 이재민들이 발생했다. 홍수는 천재지변이며, 그 여자와 나 사이에도 두 번 다시 함께 할 수 없는 천재지변이 일어났던 것이다.

이상과 현실도 함께 할 수 없고, 나와 그 여자도 함께 할 수 없다. 로미오와 줄리에트, 피라무스와 티스베, 오르페우스와 에우리디케, 단테와 베아트리체, 성춘향과 이도령, 백석과 자야, 오델로와 데스데모나 등이 바로 그것을 증명해준다. 모든 드라마는 이별의 드라마이며, 이별의 드라마만이 영원한 생명력을 갖는다.

"떠나가는 그 여자 해와 달이 끌어"주고, 나는 그 이별의 아픔과 슬픔을 참고 견디며, "남해 금산 푸른 바닷물 속에 나 혼자 잠기"게 된다.

　이성복 시인의 「남해 금산」은 '사랑의 노래'이자 '이별의 노래'이며, '이별의 노래'마저도 이처럼 아름답고 감동적일 수 있다는 것을 가장 웅변적으로 보여주고 있는 시라고 할 수가 있다.

　그 여자와 내가 그 '이별의 드라마' 속에서 남해 금산의 풍경 자체가 되고 있는 것이다.

김수영

푸른 하늘을

푸른 하늘을 제압하는

노고지리가 자유로왔다고

부러워하던

어느 시인의 말은 수정되어야 한다.

자유를 위해서

비상하여 본 일이 있는

사람이면 알지

노고지리가

무엇을 보고

노래하는가를

어째서 자유에는

피의 냄새가 섞여 있는가를

혁명革命은

왜 고독한 것인가를

혁명은

왜 고독해야 하는 것인가를

데카르트도 신성모독자였고, 스피노자도 신성모독
자였다. 칸트도 신성모독자였고, 쇼펜하우어도 신성모
독자였다. 장 자크 루소도 신성모독자였고, 마르크스
도 신성모독자였다. 프로이트도 신성모독자였고, 찰스
다윈도 신성모독자였다.

'나는 신성모독을 범한다, 고로 존재한다.' '세계는
나의 범죄의 표상이다, 고로 행복하다.' 이 두 개의 명
제는 낙천주의자로서의 나의 철학적 명제이다.

> 모험은 자유의 서술도, 자유의 주장도 아닌 자유의 이
> 행이다. 자유의 이행에는 전후좌우의 설명이 필요없다.
> ─ 김수영, 「시여, 침을 뱉어라」에서

현대시는 이제 그 '새로움의 모색'에 있어서 역사적인
徑間을 고려에 넣지 않으면 아니 될 필연적 단계에 이르

렸다. 연극성의 와해를 떠받치고 나가야 할 역사적 지주는 이제 개인의 신념이 아니라 인류의 신념을, 관조가 아니라 실천하는 단계를 밟아 올라가고 있다. 그리고 이러한 실천은 윤리적인 것 이상의, 作品의 image에까지 강력한 영향을 끼치는, 보다 더 근원적인 것으로 되어 있다. 현대의 순교가 여기서 탄생한다. 죽어가는 자기를 바라볼 수 있는 자기가 아니라, 죽어가는 자기—그 죽음의 실천—이것이 현대의 순교다. 여기에서 image는 바라볼 것이 아니라, 자기가 바로 image이다.

— 김수영, 「새로움의 摸索」에서

자유는 억압되어 있고, 자유의 발목에는 노예사슬의 상처가 남아 있다. 자유의 부리에는 노예사슬을 쪼아대던 붉디 붉은 피가 묻어 있고, 자유는 혁명, 즉, '신성모독의 힘'으로 날아오른다.

자유의 역사 철학적 의미를 고찰하고, 자유를 위해 피를 흘려본 사람은 그 어떠한 권위도 인정하지를 않는다.

'가다오, 나가다오.'

트럼프가 되었든, 아베가 되었든, 시진핑이 되었든,

푸틴이 되었든, 이 개자식들을 대포로 쏘아죽이지 않는 한, 푸른 하늘은 없다.

부처를 만나면 부처를 죽이고, 예수를 만나면 예수를 죽이지 않으면 안 된다. 죄를 짓고 죄악을 정당화하지 않으면 이 세상의 삶을 포기하는 것과도 같다.

신성모독은 삶의 본능의 옹호이며, 고급문화의 원동력이다.

오오, 푸른 하늘이여!

오오, 혁명가의 고독이여!

이희은
서랍 무덤

화석이 된 일기를 꺼냈다

부장품으로 구석에 있던

서랍을 닫을 때 밀어 넣었던 글자들
조각 그림처럼 맞추어 보았다

뒤집힌 주머니 같은, 찢어진 지폐 같은, 짝 잃은 장
갑 같은,

당신 일기 속, 내 이름을 불러보았다
굳어버린 어제가 떨어져 내렸다

아무에게도 손 내밀지 못했던 글자들
이제야 내게 왔다

일기를 이어 써야 할 시간이다

이희은 시인이 "화석이 된 일기를 꺼냈다"는 것은 판도라의 상자와도 같은 속된 호기심의 소산일 수도 있지만, 그것은 지난 날을 반성하고 성찰함으로써 새로운 '나'의 탄생을 이끌어 내겠다는 의지의 소산일 수도 있다. 일기는 「서랍 무덤」의 부장품이고, 하도 오래 되어서 "뒤집힌 주머니 같은, 찢어진 지폐 같은, 짝 잃은 장갑 같은" 것에 지나지 않았다. 하지만, 그러나 시인은 고대의 유물을 발굴하는 고고학자가 되고, 따라서 그의 관점은 더없이 경건하고 회고적일 수밖에 없었던 것이다.

만일, 그렇다면, "당신 일기 속, 내 이름을 불러보았다"라는 시구에서 '당신'은 과연 누구이란 말인가? 아버지일까, 할아버지일까? 아니면 시인의 남편일까? 이희은 시인은 아마도 오래된 서랍 속에서 남편의 일기를 발견하고, 그 일기 속에서 자기 자신에 대한 남편의 생각을 훔쳐 볼 수가 있었던 것인지도 모른다. '나'를 처음 만났을 때의 남편의 생각, '나'와 손잡고 거닐던 산과 들과 호수, '나'와 손잡고 보았던 영화, 첫 키스와 결혼, 아이를 낳았을 때의 나의 모습과 남편의 기쁨 등이 너무나도 생생하게 감동적으로 씌어져 있었던 것인지도 모른다. 비록, "뒤집힌 주머니 같은, 찢어진 지폐 같은, 짝 잃은 장갑 같은" 일기장이었을지라도, "아무에게도 손 내밀지 못했던 글자들"이 내게로 다가왔던 것이다.

이희은 시인의 「서랍 무덤」은 참으로 오래된 해후의 시간이고, 감동의 시간이며, 이제는 다시 일기를 써야 할 시간이라고 하지 않을 수가 없다.

제자가 스승의 목을 비트는 경우도 있고, 스승이 제자의 천재성 앞에 무릎을 꿇는 경우도 있다. 아리스토텔레스는 그의 스승인 플라톤의 목을 비틀었고, 실레노스는 그의 제자인 디오니소스에게 무릎을 꿇었다. 제자가 스승의 목을 비틀었거나 스승이 제자의 천재성 앞에 무릎을 꿇었거나, 그 무엇보다도 가장 중요한 것은 새로운 나, 즉, 고귀하고 위대한 천재의 탄생이라고 할 수가 있다. 톨스토이는 어릴 때 10년 동안 일기를 썼고, 나 역시도 그 말을 듣고 상당히 오랫동안 일기를 쓴 적이 있었다. 일기는 개인의 기록이자 천재 성장의 역사이고, 일기는 천재의 문전옥답이다. 줄리어스 시이저의 『갈리아 전기』, 안네 프랑크의 『일기』, 마르코 폴로의 『동방견문록』, 이순신의 『난중일기』 등의 예에서처럼, 일기는 천재 성장의 역사이고, 그 황금의 텃밭(문전옥답)이다.

일기에 의하여 천재가 탄생하고, 일기에 의하여 새로운 역사가 씌어진다. 일기에 의하여 사상과 이론이 정립되고, 일기에 의하여 새로운 우주가 탄생한다. 일기는 자기가 자기를 낳고, 일기는 자기가 자기 자신의 목을 비틀어 댄다. 일기는 자기가 자기 자신의 패배를 인정하지 못하고, 일기는 자기가 자기 자신을 최고의 황제로 만들어 낸다. 일기는 용호상박龍虎相搏의 싸움의 장소이자 최고급의 권력투쟁의 장소이기도 한 것이다.

나와 나의 싸움, 수많은 나와 수많은 나들의 싸움, 서로간의 사랑과 배신, 서로간의 증오와 결투가 벌어지는 곳이 일기이며, 나폴레옹 역시도 이 일기를 통하여 백만대군을 총 지휘하는 황제가 되었던 것이다.

이제는 이희은 시인의 결론처럼, "일기를 이어 써야 할 시간"이고, 내가 나로서 백만 대군을 총 지휘하는 황제로 등극해야 할 시간이 된 것이다.

김수영

현대식 교량

현대식 교량을 건널 때마다 나는 갑자기 懷古主義
者가 된다
　이것이 얼마나 죄가 많은 다리인 줄 모르고
　식민지의 곤충들이 24시간을
　자기의 다리처럼 건너다닌다
　나이 어린 사람들은 어째서 이 다리가 부자연스러
운지를 모른다
　그러니까 이 다리를 건너 갈 때마다
　나는 나의 심장을 기계처럼 중지시킨다
　(이런 연습을 나는 무수히 해왔다)

　그러나 문제는 이러한 反抗에 있지 않다
　저 젊은이들의 나에 대한 사랑에 있다
　아니 信用이라고 해도 된다
　"선생님 이야기는 20년 전 이야기이지요"

할 때마다 나는 그들의 나이를 찬찬히
소급해가면서 새로운 여유를 느낀다
새로운 역사라고 해도 좋다

이런 경이는 나를 늙게 하는 동시에 젊게 한다
아니 늙게 하지도 젊게 하지도 않는다
이 다리 밑에서 엇갈리는 기차처럼
늙음과 젊음의 분간이 서지 않는다
다리는 이러한 정지의 중인이다
젊음과 늙음이 엇갈리는 순간
그러한 속력과 속력의 정돈 속에서
다리는 사랑을 배운다
정말 희한한 일이다
나는 이제 적을 형제로 만드는 실증을
똑똑하게 천천히 보았으니까!

김수영의「현대식 교량」에는 식민 시대의 지식인으로서 뼛속 깊이 파고드는 참다운 반성과 자기 성찰이 있고, 그 '식민지의 곤충'으로서의 죄의식을 씻고 구세대와 신세대 간의 화해를 통해 새로운 미래의 꿈을 노래하고 있다. 구세대는 대한제국을 돌보지 않고 사색 당쟁과 사적인 이익만을 추구한 결과, 일본에 의하여 나라를 빼앗긴 대역죄인들이며, 신세대는 구세대의 과오에 의하여 아무런 죄 없이 식민잔재와 동족상잔의 비극과 세계 제일의 빈곤국가라는 채무를 짊어진 세대이다. 그러나 구세대는 뼛속 깊이 파고드는 참다운 반성과 자기 성찰을 통하여 대역죄인으로서의 용서를 구하고, 신세대는 구세대의 참다운 반성과 참회의 눈물이 있다는 것만으로도 그 모든 것을 다 용서하고, 즉 사랑으로써 감싸주게 된다. 이때의 사랑은 무조건적인 용서도 아니고, 제 핏줄과 제 민족만을 소중히 여기는 근

친상간적인 것만도 아니다. 그 사랑은 암울했던 지난 날의 모든 과오를 다 털어버리고, '식민지 곤충들'을 인간으로 끌어 올리고, 한 걸음 더 나아가, '영원한 제국'의 신민으로 끌어올리는 사랑이라고 해도 틀림이 없다. 우리 한국인들은 김수영이 「현대식 교량」을 통해서 이처럼 영원한 제국의 토대를 쌓아 놓은 것을 이해하지도 못한 채, 아직도 사색당쟁과 부정부패의 축제로 밤을 지새우고 있다. 다시 말해서, '부정부패를 뿌리 뽑자', '일본을 뛰어넘고 미국을 뛰어넘어, 영원한 제국을 건설하자'는 꿈을 상실하고 무조건적인 반미주의와 반일본주의로 밤을 지새우고 있는 것이다. '고귀하고 위대한 것은 고귀하고 위대한 민족에게, 비천하고 더러운 것은 비천하고 더러운 민족에게'라는 영원한 제국의 금과옥조를 이해하지 못한 우리 한국인들, 대한민국이라는 국호가 부끄러울 정도로 기초생활질서를 안 지키고, 부정부패의 꽃을 피워가는 우리 한국인들은 이 반경환과 김수영과는 달리, 얼마나 더럽고 추한 노예적인 인간들이란 말인가?

고귀한 인물(민족)과 천박한 인물(민족)―, 이 두 사람은 모두가 다같이 식민지의 지식인으로서 태어났고,

자기 자신의 몸 속에서 더럽고도 추한 하층민(노예)의 피가 흐르고 있다는 사실 때문에 몹시도 괴로워했던 적이 있다. 그러나 전자는 낙천적이었고, 후자는 염세적이었다. 고귀하고 위대한 인물은 참다운 반성과 자기 성찰을 통하여 '모든 것이 내 탓이다'라는 책임의식이 강한 인물이 되었고, 비천하고 천박한 인물은 늘 회의적이고 그 찌푸린 시선 탓으로 모든 것을 남의 탓(제국주의자들의 탓)으로만 돌리는 책임전가형의 인물이 되었다. 고귀하고 위대한 인물은 지혜, 용기, 성실함으로 학문 연구에 매달리고, 그 사상과 이론을 통하여 전 세계를 지배하게 되었고, 비천하고 천박한 인물은 무목표, 무의지, 무책임으로 일관하고, 학문 연구는커녕, 자칭 평화를 사랑하는 민주주의자가 되어 갔다. 고귀하고 위대한 인물은 늘 언제나 더욱더 고귀하고 위대한 인물을 사랑하며, 자기 자신을 높이 높이 끌어올린 반면, 비천하고 더러운 인물은 니체, 쇼펜하우어, 아인시타인, 뉴턴, 플라톤, 나폴레옹, 알렉산더 대왕, 빌 케이츠와도 같은 인물들을 전혀 이해하지도 못한 채, 늘 제 집만을 지키는 犬公처럼 끊임없이 짖어대며 물어뜯기에 바빴다. 유태인, 일본인, 영국인, 프랑스인, 독일인은 고귀하고 위대한 민족이고, 한국인, 중남미인, 아프리카인들은 더럽고 비천한 민족이다. 우리 한국인들은 지난 수천 년 동안 인간이라는 가치를 극단적으로 저하시킨 민족이며, 달리 생각해 보면 하루바삐 소멸해버리는 것이 지구촌 정화사업에 더욱 더 어울리는 노예의 민족에 지나지 않는다.

우리 한국인들이 자기 자신의 평민적 혈통, 또는 노예민족의 혈통을 극복하고 고급문화인이 될 수 있는 지름길은 오직 '愛知', 즉 지혜를 사랑하고 또 사랑하는 길밖에는 없다(반경환, 『행복의 깊이』 제4권).

한국의 2대 국경일은 개천절과 한글날로 해야 한다. 개천절은 오천 년의 역사를 지닌 건국기념일이며 홍익인간을 그 목표로 한다. 한글은 세계에서 가장 우수한 문자이며, 한자문화로부터 독립을 의미한다. 3·1절, 광복절 등은 오천 년의 역사에 비해서 아주 사소한 것에 지나지 않는다. 언제, 어느 때까지 어린 아이들의 소꿉장난만도 못한 3·1운동과 광복절만을 기념하고 살 것이란 말인가? 3·1만세운동이 전체 역사에 있어서 그렇게 대단하고, 광복절이 우리가 일본을 물리치고 우리가 독립을 쟁취한 기념비적인 날이란 말인가! 3·1절과 광복절이 최고의 국경일이 된 것은 거꾸로 일본이 없었다면 한국은 존재할 이유도 없었다는 것을 뜻한다는 말이다.

이것이 낙천주의 사상가인 나의 생각이다.

김명인
꽃들

낮잠에서 깨니 머리맡에 꽃소식이 당도해 있다

만선에 실려 오는 꽃나무 한 시절들

그대가 약속을 지키려 근근하듯이

꽃은 제철의 두근거림으로 한 해를 갱신한다

상청 이불 덮고 누웠으니

어디서 산비둘기 구구거리는 한낮

꽃 타래들, 다비에 든 듯 화염 사르는구나!

공손한 꽃아, 피고 지는 건

네 일이지만 나는 너를 빌려 쓰고 내일로 간다

연년세세로 물든 분홍 새 날개 펴니

거처 없이도 견디는 깃발처럼

혼곤한 신생의 새봄 안간힘으로 울뚝하다

오늘은 오늘 꽃, 수만 송이로 허무는 탑

버림받을 사랑이니 돌보라고

이 환幻, 나에게 흘려보내는 건 아니겠지?

유태인들에게는 '나'가 없고, '우리'만 있다. 그들은 모두가 다같이 고해성사를 할 때에도 '하나님, 저의 죄를 용서해주세요'라고 하지 않고, '하나님, 우리의 죄를 용서해주세요'라고 사죄를 하지 않으면 안 된다. 왜냐하면 유태인 한 명의 잘못은 유태인 전체의 잘못이고, 유태인 한 명의 영광은 유태인 전체의 영광이기 때문이다. 유태교 사제인 랍비는 유태인들의 사제이자 스승이고, 최종적인 심판관이라고 할 수가 있다. 유태인과 유태인 사이의 다툼이 있을 때, 그들은 유태인들의 심판관이 되어 그 다툼을 해결해주고, 어떠한 일이 있어도 사법적인 소송전만은 막아준다. 사법적인 소송전을 좋아하면 우리 한국인들처럼 민족분열이 깊어지지만, 유태교의 랍비의 말을 따르면 한 평생 그들의 형제애는 더욱더 좋아진다. 유태인들은 법 없이도 사는 도덕의 천재들이며, 이 도덕의 힘으로 마르크스, 프로이트, 아인시타인, 프란츠 카프카, 체 게바라, 프리다 칼로, 조지 소로스, 저커버그, 빌 케이츠, 워런 버핏과도 같은 세계적인 영웅들을 배출해냈던 것이다. 유태인의 꽃은 도덕의 꽃이자 사상의 꽃이다. 모든 꽃들이 식물의 생존의 결정체이고 자기 짝을 부르는 소리라면, 사상은 그 꽃의 씨앗이라고 할 수가 있다. 도덕의 꽃은 성실함의 꽃이고, 사상의 꽃은 그 성실함의 완성이다. 모든 꽃은 고귀하고 거룩하며, 모든 꽃은 전생애의 결정체이기 때문에, 그 향기가 만리 밖으로 퍼져나간다. 일본인도 꽃이고, 중국인도 꽃이고, 영국인도 꽃이다. 미국인도 꽃이고, 독일인도 꽃이고, 한국인도 꽃이다. 어느 민족이 고귀하고 위대한 민족인 것은 그 어떤 문화적 영웅들을 배출해냈는가에 달려 있다고 해도 과언이 아니다. 왜냐하면 모든 문화적 영웅들은 사제이자 스승이고, 최종적인 심판관이기 때문에, 그 모든 문제들을 다 해결해주고 있기 때문이다.

2018년 4월 28일은 남북정상회담이 예정되어 있고, 곧바로 북미정상회담이 예정되어 있다. 대한민국의 역사상 가장 중요하고 역사적인 전환점을 맞이하고 있는 이 시점에서 김명인 시인의 「꽃들」이라는 시를 읽었다.

"낮잠에서 깨니 머리맡에 꽃소식이 당도해 있다/ 만선에 실려 오는 꽃나무 한 시절들"이라는 시구들에 반하여 전반적으로 나른하고 허무적인 색채가 유감이긴 하지만, 나는 "만선에 실려 오는 꽃나무 한 시절들"이 영원불멸의 꽃으로 피어났으면 하는 생각뿐이다. 사랑의 꽃, 우정의 꽃, 형제의 꽃, 믿음의 꽃, 통일의 꽃, 영원한 제국의 꽃이 도덕의 꽃과 사상의 꽃으로 피어났으면 한다. 세계에서 가장 정직하고 근면한 인간, 세계에서 가장 열심히 공부하고 전인류의 행복을 연출해낼 수 있는 인간, 세계에서 가장 인정이 많고 어렵고 힘든 이웃들을 도와줄 수 있는 인간, 세계에서 가장 고소-고발을 하지 않고 사법적인 소송전은 결코 하지 않는 인간, 나보다는 우리를 생각하고, 우리보다는 국가를 생각하는 인간, 명예와 명성을 위하여 어떠한 비굴한 굴종도 하지 않는 인간—, 바로 이러한 '도덕의 꽃'과 '사상의 꽃'으로 피어나 전인류의 존경을 받는 민족이 되었으면 한다.

우리는 모두가 꽃들이 되지 않으면 안 된다. 나를 버리고 우리가 될 때 꽃들이 되고, 우리를 버리고 인류가 될 때 꽃들이 된다. 꽃들은 법이 없어도 꽃들이 되고,

꽃들은 도덕을 강조하지 않아도 꽃들이 된다.

최선의 결정체가 꽃들이고, 이 꽃들이 피면 남북통일과 영원한 제국의 열매도 맺게 될 것이다.

"오늘은 오늘 꽃, 수만 송이로 허무는 탑"이 아닌, 내일은 더욱더 아름답고 영원한 제국의 꽃으로 피어나지 않으면 안 된다.

일본을 넘어, 중국을 넘어, 미국을 넘어, 독일을 넘어, 유태인들보다도 더욱더 아름다운 '꽃 중의 꽃'으로 피어나지 않으면 안 된다.

이 세상의 모든 지식인들에게 사상이란 최고의 목적이며, 그 모든 것이다. 세상의 모든 것이 변하고 이 세계의 종말이 온다고 하더라도 자기 자신과 자기 자신의 사상만은 영원하기를 바라는 것은 모든 지식인들의 한결같은 꿈이다. 사상은 새로운 세계의 개진이며, 행복에의 약속이다. 사상은 그 어떤 것보다도 고귀한 명예이며, 삶의 완성이며, 보다 완전한 인간의 표지이다. 우리는 그 사상가의 신전 앞에서 언제, 어느 때나 시를 짓고, 노래를 부르며, 찬양과 찬송을 하게 된다. 또한 우리는 그 신전 앞에서, 우리 인간들의 존엄성을 바치고, 가장 좋은 예물을 바치고, 하늘을 우러러 보며, 항상 자기 자신을 갈고 닦으면서, 그 사상의 위업을 이어나갈 것을 맹세를 하게 된다(반경환, 『행복의 깊이』 제1권).

유홍준
행운목

행운은 토막이라는 생각

행운은– 고작 한 뼘 길이라는 생각

누군가 이제는 아주 끝장이라고
한 그루 삶의
밑동이며 가지를 잘라 내던졌을 때
행운은 거기에서 잎이 나고 싹이 나는 거라는 생각
잎이 나고 싹이 나는 걸
발견하는 거라는 생각
그리하여 울며 울며 그 나무를 다시 삶의 둑에 옮겨
심는 거라는 생각

행운은, 토막이라는 생각

행운은- 집집마다

수반 위에 올려놓은 토막이라는 생각

행운이란 무엇일까? 행운이란 좋은 운수를 말하며, 좋은 운수란 이 세상에서 삶의 우여곡절 없이 자기 자신의 뜻을 이룬 것을 말할 수도 있다. 알렉산더 대왕처럼 왕족으로 태어난 것일 수도 있고, 톨스토이처럼 명문귀족으로 태어난 것일 수도 있다. 김수영 시인처럼 무자비한 학살의 현장에서 구사일생으로 살아난 것일 수도 있고, 양귀비처럼 이 세상에서 가장 아름다운 여인으로 태어난 것일 수도 있다. '부자로서 죽는 것은 부끄러운 일이다'라고 전재산을 사회에 기부하는 것일 수도 있고, 헤라클레이토스처럼 왕관을 거절하고 철학자의 삶을 사는 것일 수도 있다. 행운의 유형은 매우 다종다양하고, 이 행운에 대한 가치평가는 그 사람의 사회적 지위와 성격과 취향에 따라 다를 수도 있다.

유홍준 시인의 「행운목」이라는 시를 읽어보면, 유홍준 시인의 비극적인 세계관이 드러나고, '이 세상에는 행운같은 것은 없다'라는 생각이 다 든다. "행운은 토막"이고, "행운은—고작 한 뼘 길이라는 생각"이 바로 그것을 말해준다. 과연 어떻게 "누군가 이제는 아주 끝장이라고/ 한 그루 삶의/ 밑둥이며 가지를 잘라 내던졌을 때/ 행운은 거기에서 잎이 나고 싹이 나는 거라는 생각"이 행운일 수가 있겠으며, 과연 어떻게 너무나도 비극적인 학살의 현장에서 우연히 구사일생으로 살아난 것을 행운이라고 말할 수가 있겠는가? 행운은 한 뼘 길이의 토막이며 우연이고, 행운은 머나먼 신기루이며 그 실체가 없다.

행운목은 '드라세나 맛상게아나'라는 열대식물이며, 이 식물은 반음지식물로서 실내공기정화능력이 아주 탁월하다고 한다. 잎은 옥수수잎처럼 생겼고, 꽃은 보통 12월에 핀다고 한다. 하지만, 그러나 해마다 꽃을 피우는 것은 아니지만, 그 향기가 집안 가득 퍼지고, 꽃을 피우기가 힘든 만큼 행운이 찾아 온다고 한다. 행운목은 수경재배를 하며, 수반은 행운목의 삶의 터전이 된다. 고온 다습한 열대식물인 행운목, 반음지식물로서 실내공기정화능력이 아주 탁월한 행운목, 그 향기를 온 집안 가득히 퍼뜨리는 행운목—. 하지만, 그러나 사지가 멀쩡한 나무를 밑동과 윗동을 자르고 그 토막에서 싹을 틔워 재배하는 나무를 행운목이라고 부르는 것을 보면, 우리 인간들의 문화적 야만성이 그 정점을 찍고 있다고 해도 과언이 아니다. 문화란 너무나도 지나치게 인간중심주의적이며, 자연에 대한 테러이고, 문화란 수많은 생명체들의 집단살해의 결과라고 하지 않을 수가 없다.

나는 유홍준 시인의 "행운은 토막이라는 생각"과 "잎이 나고 싹이 나는 걸/ 발견하는 거라는 생각/ 그리하여 울며 울며 그 나무를 다시 삶의 둑에 옮겨 심는 거라는 생각"에 깊이 있게 입을 맞추어 본다. 행운목을 재배하는 자는 행운의 주인공이 되고, 자기 자신의 삶의 터전을 잃고 뿌리 뽑힌 채 떠돌아 다녀야만 하는 행운목은 불운의 주인공이 된다. 주인은 행운목을 키우며 행운의 주인공이 되고, 노예는 행운을 피우며 불운의 주인공이 된다. 일용직 노동자와 이주민 노동자들, 해고된 노동자와 파산한 자영업자들, 농지를 잃어버린 농부들과 고독사를 기다리는 서민들─, 바로 이 기층 민중들이 어렵고 힘든 막노동과 쓰레기 수거와 하수구 청소를 해주는 행운목같은 삶을 사는 사람들이라고 할 수가 있다.

"행운은 토막이라는 생각," "행운은— 고작 한 뼘 길이라는 생각"—. 유홍준 시인은 「행운목」은 '민중시학의 정수'이며, 그의 '인식의 힘의 승리'라고 할 수가 있다.

행운도 없고, 행복도 없다.

최도선
서설瑞雪

밤새 주먹만 한 눈송이가 발자국 소리도 없이
솔밭으로 잦아들었다

누가 온다는 건
참 좋은 일

과거에도 미래에도
누군가와 함께 한다는 건
참 좋은 일

그러므로
날마다가 참 좋은 날*

문득,
참새가 푸드득거리며 날아드는 바람에

솔가지에 얹혔던 눈들이

푸 하하하 흩날리며

검은 하늘이 환해지고 있었다.

* 벽암록 6칙에 나오는 '雲門日日是好日'에서 따옴.

'서설瑞雪'이란 상서로운 일, 즉, 복 되고 좋은 일이 일어날 것같은 눈을 말한다. 눈은 순결함과 거룩함을 나타내고, 따라서 눈이 내린 풍경은 이상적인 천국으로 곧잘 회자된다.

밤새 주먹만한 눈송이가 소리도 없이 내려 쌓였고, 그 아름답고 깨끗한 풍경은 누군가가 올 것만 같다는 '참 좋은 일'로 이어지게 된다. 인간은 혼자 살 수 없는 존재이고, "과거에도 미래에도/ 누군가와 함께 한다는 건/ 참 좋은 일"로 여겨졌던 것이다.

누군가는 단테와 베아트리체의 관계일 수도 있고, 누군가는 반고호와 테오의 관계일 수도 있다. 누군가는 로미오와 줄리에트의 관계일 수도 있고, 누군가는 마르크스와 엥겔스의 관계일 수도 있다. 아프로디테와 에로스의 관계일 수도 있고, 제우스와 헤라클레스의 관계일 수도 있다. 누군가는 그리움의 대상이고, 선망의 대상이며, 천군만마와도 같은 원군일 수도 있다. 누군가는 진리일 수도 있고, 누군가는 미래의 이상적인 인간일 수도 있다.

눈이 내리니까 좋고, 누군가와 함께 하니까 좋다. 참새가 문득 푸드득거리며 날아가니까 좋고, "솔가지에 얹혔던 눈들이/ 푸 하하하 흩날"리니까 좋고, "검은 하늘이 환해"지니까 좋다.

시인은 누군가를 사유하고, 누군가와 함께 할 '좋은 날'을 상상한다. 누군가와 누군가가 손을 맞잡으면 눈사람과 눈사람처럼 불어나고, 누군가와 누군가가 함께 하는 날이 '참 좋은 날'로 영원하기를 사유하고, 상상하는 것이다.

누군가를 '나'처럼 사랑하고 믿는 것보다 더 좋은 것은 없다. 서설의 풍경과 서설의 기쁨과 서설의 행복이 최도선 시인의 '인간애의 꽃'으로 활짝 피어난 것이다.

운문호일雲門好日, 즉, 날마다가 참 좋은 날이다.

반경환

반경환은 1954년 충북 청주에서 태어났으며, 1988년 『한국문학』 신인상과 1989년 《중앙일보》 신춘문예로 등단했다. 반경환의 저서로는 『시와 시인』, 『행복의 깊이』 1, 2, 3, 4권, 『비판, 비판, 그리고 또 비판』 1, 2권, 『반경환 명시감상』 1, 2, 3, 4권, 『이 세상에서 가장 아름다운 명문장들』 1, 2권, 『반경환 명구산책』 1, 2, 3권이 있고, 『반경환 명언집』 1, 2권, 『사상의 꽃들』 1, 2, 3, 4, 5권 등이 있다.

이 『사상의 꽃들』은 '반경환 명시감상'으로 기획된 것이지만, 보다 새롭고 좀 더 쉽게 수많은 독자들에게 다가가기 위한 포켓북이라고 할 수가 있다. 사상은 시의 씨앗이고, 시는 사상의 꽃이다. 그는 시를 철학의 관점에서 이해하고, 철학을 예술(시)의 관점에서 이해한다. 그의 글쓰기의 목표는 시와 철학의 행복한 만남을 통해서, 문학비평을 예술의 차원으로 끌어올리는 것이다. 따라서 반경환의 문학비평은 다만 문학비평이 아니라 철학예술이라고 할 수가 있는 것이다.

시는 행복한 꿈의 한 양식이며, 낙천주의를 양식화시킨 것이다.

이메일 : bankhw@hanmail.net

사상의 꽃들 6
반경환 명시감상 10

초 판 1쇄 발행 2019년 8월 28일
지은이 반경환
펴낸이 반송림
펴낸곳 도서출판 지혜
편집디자인 김지호
주 소 34624 대전광역시 동구 태전로 57. 2층 (삼성동)
전 화 042-625-1140
팩 스 042-627-1140
전자우편 ejisarang@hanmail.net
애지카페 cafe.daum.net/ejiliterature

ISBN : 979-11-5728-361-3 04810
ISBN : 979-11-5728-360-6 04810 (세트)
값 10,000원